Céline
Face à la complicité du silence

Céline
Face à la complicité du silence

Kesi MICHEL MALANGA

Le Code de la propriété intellectuelle et artistique n'autorisant, aux termes des alinéas 2 et 3 de l'article L.122-5, d'une part, que les « copies ou reproductions strictement réservées à l'usage privé du copiste et non destinées à une utilisation collective » « toute représentation ou reproduction intégrale, ou partielle, faite sans le consentement de l'auteur ou de ses ayants droit ou ayants cause, est illicite » (alinéa 1er de l'article L. 122-4). Cette représentation ou reproduction, par quelque procédé que ce soit, constituerait donc une contrefaçon sanctionnée par les articles L. 335-2 et suivants du Code de la propriété intellectuelle.

© Kesi MICHEL MALANGA, 2025
Édition : BoD · Books on Demand, 31 avenue Saint-Rémy, 57600 Forbach, bod@bod.fr
Impression : Libri Plureos GmbH, Friedensallee 273, 22763 Hamburg (Allemagne)
ISBN : 978-2-3226-6178-7

Dépôt légal : juin 2025

Inspiré de faits réels

SOMMAIRE

Chapitre 1 9
Chapitre 2 16
Chapitre 3 25
Chapitre 4 36
Chapitre 5 40
Chapitre 6 48
Chapitre 7 52
Chapitre 8 60
Chapitre 9 65
Chapitre 10 73
Chapitre 11 77
Chapitre 12 82
Chapitre 13 86
Chapitre 14 91
Chapitre 15 96
Chapitre 16 101
Chapitre 17 106
Chapitre 18 112
Chapitre 19 117
Chapitre 20 123
Chapitre 21 129
Chapitre 22 137
Chapitre 23 144

Chapitre 24 152
Chapitre 25 165
Chapitre 26 172
Chapitre 27 181
Chapitre 28 189
Chapitre 29 195
Chapitre 30 201
Chapitre 31 207
Chapitre 32 214
À propos de l'auteur 225
Remerciements 227

CHAPITRE 1

C'était à la fin du printemps, Céline Wilson allait faire son entrée au sein du foyer d'hébergement *Les espérances*, qui se situe en région parisienne, et qui appartenait à l'association Aide et Droits pour Tous. C'était une association qui avait été créée dans les années 90 par des parents de personnes en situation de handicap, afin de répondre à ce besoin urgent d'une inclusion réelle à la société de personnes travaillant en ESAT (Établissement ou Service d'Aide par le Travail), afin qu'ils puissent eux aussi bâtir leur avenir sur les 3 principes de base famille, travail et logement.

Malgré quelques appréhensions, elle était surtout heureuse après plusieurs mois de recherches d'avoir enfin trouvé un établissement qui répondait à plusieurs de ces critères tant au niveau de la population que de son lieu géographique. Mais ce qui l'avait convaincue, c'était l'échange téléphonique qu'elle avait eu avec le directeur de l'établissement.

Fraîchement diplômée en tant qu'éducatrice spécialisée, Céline était prête à intégrer avec enthousiasme un foyer d'hébergement pour jeunes et adultes en situation de handicap. Animée par la volonté de faire une différence, elle était impatiente de mettre en pratique ses valeurs et ses compétences. Pour elle, chaque rencontre serait une occasion d'apprendre et de grandir.

Céline avançait lentement dans le foyer, observant chaque détail avec une attention presque émue. Le bâtiment, un peu ancien, dégageait une atmosphère à la fois chaleureuse et désuète. Les murs, peints dans des tons pastel, portaient les traces du temps et de nombreuses affiches colorées, témoins des projets et des activités passées. Dans les couloirs, des cadres exposaient des photos des résidents, capturant des instants de joie et de complicité.

L'air était empreint d'une odeur mêlant celle des repas en préparation et du désinfectant, un mélange familier dans ces structures d'accueil. Céline sentit son cœur se serrer légèrement, partagée entre l'excitation et l'appréhension. C'était un lieu de vie, un espace où se croisaient des histoires, des espoirs et des défis quotidiens. Elle inspira profondément, consciente qu'elle entrait dans un univers qui allait sans doute marquer son parcours bien au-delà de ce qu'elle pouvait imaginer.

Elle rayonnait comme les premiers rayons d'été à chaque pièce qu'on lui faisait visiter. Les résidents comme les membres du personnel étaient curieux de savoir qui était cette femme si solaire, dégageant une telle grâce, avec une voix si douce un tantinet sucrée lorsqu'elle saluait les personnes qu'elle rencontrait.

M. Tavares, le directeur du foyer, l'observait avec un sourire amusé. Il avait l'habitude d'accueillir de nouveaux employés, mais il voyait bien que Céline avait quelque chose de différent. Tout en la guidant à travers les couloirs, il ponctuait la visite de petites blagues, cherchant à la mettre à l'aise.

« Alors ici, c'est la salle commune, ou comme j'aime l'appeler, la salle des débats animés… surtout quand il s'agit de choisir un film à regarder ! » disait-il en riant.

Céline souriait, à la fois touchée par l'accueil bienveillant et intriguée par l'énergie qui se dégageait du lieu. Elle se sentait prête à faire partie de cette grande famille, à écrire son propre chapitre au sein de cette structure où tant d'histoires s'étaient déjà entremêlées.

M. Tavares réunit les membres du personnel dans la salle à manger. Tous observèrent avec curiosité la nouvelle recrue de l'équipe, cette jeune femme visiblement pleine d'espoir et d'ambition pour son futur rôle auprès des résidents.

— Voici Céline Wilson qui rejoint notre équipe en tant qu'éducatrice spécialisée. Elle débute dans ce métier donc je compte sur chacun d'entre vous pour favoriser son intégration.

La tirade du directeur fut accueillie par de chaleureux sourires et se présenta à son tour.

Céline fit alors la connaissance d'une partie de ses nouveaux collègues. Il y avait Stephen, un homme à l'allure décontractée et au sourire communicatif, qui exerçait en tant qu'accompagnant éducatif et social (AES). À ses côtés, Soraya, une jeune femme énergique et toujours en mouvement, et Fatoumata, dont la voix posée et rassurante semblait apaiser instantanément ceux qui l'entouraient, occupaient la même fonction.

M. Tavares, toujours avec sa pointe d'humour, lui glissa

qu'elle rencontrerait le reste de l'équipe, dont la cheffe de service, Mme Marino, lors de la réunion prévue le lundi suivant. Après un dernier sourire encourageant, il s'éclipsa, laissant Céline en compagnie de ses collègues. Bientôt, elle aurait également l'occasion de faire la connaissance des résidents, un moment qui, lui précisa-t-il, aurait lieu avant leur repas du soir.

Fatoumata engagea la conversation avec Céline :

— Viens, si tu veux je peux te montrer les différents outils qu'on utilise.

Fatoumata passa en revue le matériel utilisé comme le cahier de transmission ou la feuille d'appel.

— Mais tu n'as jamais travaillé dans le social ? la coupa Soraya, éberluée. Désolée si je te tutoie. D'ailleurs, ça ne te dérange pas, j'espère ? Céline répondit que non. Elle précisa qu'elle avait fait des stages pendant sa formation d'éducatrice. Soraya s'apprête à lui poser une autre question quand Stephen lui coupa l'herbe sous le pied.

Soraya, arrête un peu ! Laisse-la respirer ! Elle vient d'arriver. T'as entendu comme moi ce qu'a dit le directeur, on doit l'aider à prendre ses marques. Lorsque l'heure du repas arriva, l'agitation habituelle du réfectoire se fit sentir. Les résidents prenaient place, échangeant rires et discussions animées, tandis que le personnel veillait à ce que chacun s'installe confortablement. Au centre de la salle, M. Tavares se racla la gorge avant de prendre la parole, captant aussitôt l'attention de tous.

« Bonsoir à tous », déclara-t-il avec son enthousiasme

habituel. « Je ne sais pas si vous avez eu l'occasion de croiser Mme Wilson, qui rejoint l'équipe en tant que nouvelle éducatrice spécialisée. Je compte sur vous pour l'accueillir comme il se doit et l'aider à s'intégrer parmi nous ! »

Un instant de silence précéda une réponse en chœur, spontanée et sincère. « Bonsoir, Madame Wilson ! » lancèrent joyeusement plusieurs résidents.

Certains l'observaient avec curiosité, d'autres lui adressaient des sourires timides. Il y avait dans leurs regards une fascination sincère, non seulement pour la douceur qui émanait d'elle, mais aussi pour l'élégance naturelle et la sérénité qu'elle dégageait.

Lorsqu'une résidente leva timidement la main, l'attention se porta immédiatement sur elle. Son regard, empli d'une curiosité sincère, se posa sur Céline avant qu'elle ne formule sa demande : elle souhaitait connaître son prénom et pouvoir l'utiliser. Un sourire chaleureux illumina alors le visage de Céline, qui répondit avec bienveillance, acceptant volontiers cette familiarité.

À cette réponse, la résidente ne put s'empêcher d'exprimer son admiration, lui adressant un compliment spontané sur sa beauté. Un éclat malicieux traversa alors le regard de M. Tavares, qui ne put s'empêcher d'intervenir sur un ton faussement vexé, plaisantant sur le fait que, lui, n'avait jamais eu droit à un tel compliment lors de son arrivée. Sa remarque provoqua une vague de rires dans la salle, les résidents et le personnel se laissant emporter par la légèreté de l'instant.

Après le repas, une grande partie des résidents choisit de prolonger ce premier échange, s'attardant autour de Céline. Ils lui posèrent des questions sur son parcours, partagèrent des anecdotes sur leur quotidien et exprimèrent leur joie de l'accueillir parmi eux. Céline, touchée par tant de bienveillance, prit le temps d'écouter chacun d'eux, créant ainsi, dès son premier jour, un lien précieux avec ceux qu'elle allait accompagner.

De retour à son appartement, Céline se laissa tomber sur le canapé avec un soupir d'aise. Elle avait encore en tête les visages souriants des résidents et l'ambiance chaleureuse du foyer. À peine eut-elle le temps d'enlever ses chaussures que Tristan, son fiancé, s'approcha avec un sourire curieux.

— Alors, cette première journée ? demanda-t-il en s'asseyant à côté d'elle.

Céline étira un sourire fatigué, mais heureux.

— C'était exactement comme je l'espérais, répondit-elle en posant sa tête contre l'accoudoir. L'ambiance est vraiment agréable, les résidents sont adorables, et il y a une belle énergie là-bas. L'intérieur est chaleureux, et ils ont même un grand jardin fleuri où j'imagine déjà passer du temps avec eux. Je pense que je vais vraiment m'y plaire.

Tristan hocha la tête, satisfait. Il savait combien ce travail comptait pour elle et la voir aussi enthousiaste le rassurait.

— Ça me fait plaisir de t'entendre dire ça, dit-il en passant un bras autour d'elle.

Un silence complice s'installa, juste le temps qu'elle ferme les yeux un instant, savourant la satisfaction d'une journée réussie. Puis, il reprit, l'air songeur :

— Du coup, tu penses toujours qu'on devrait déménager plus près du foyer ?

Céline releva la tête vers lui, réfléchissant un instant. L'idée de ne plus avoir de longs trajets le matin et de pouvoir se sentir encore plus investie dans son travail lui plaisait.

— Oui, je crois que ce serait une bonne chose, répondit-elle doucement.

Tristan sourit et déposa un baiser sur son front. Ils avaient tout le temps d'y réfléchir, mais une chose était sûre : ce nouveau départ s'annonçait prometteur.

CHAPITRE 2

Le lundi qui suivit, Céline fit enfin la rencontre de la cheffe de service, Mme Marino. À peine entrée dans le foyer alors qu'elle allait s'installer dans le bureau éducatif, elle entendit une voix derrière, elle, en se retournant, elle vit une dame de petite taille, cheveux poivre et sel avec des lunettes glissées sur le bout de son nez. Ses pas résonnent au son de ses talonnettes qui claquaient le carrelage du couloir, Céline aurait pu la suivre les yeux fermés tellement le bruit retentissait.

Elle pria Céline de la suivre dans son bureau, de s'asseoir et se présenta d'un ton formel.

— Bonjour, Mme Marino, chef de service. Nous nous étions entretenues au téléphone avant mes congés, et je voulais qu'on approfondisse vos missions. Vous n'avez pas reçu mon mail de ce matin à ce sujet ?

Céline, bien qu'un peu nerveuse, garda un sourire poli et tenta de masquer son trac.

— Bonjour, enchantée Mme Marino, je suis ravie de vous rencontrer. Je suis désolée, mais non, je n'ai reçu aucun mail de votre part.

La cheffe de service haussa un sourcil, visiblement contrariée.

— Je ne vous ai pas remis votre adresse mail professionnelle ?

— Non, pas encore.

— Très bien, je vais remédier à cela tout de suite.

Mme Marino griffonna rapidement l'adresse sur un bout de papier avant de le tendre à Céline.

— J'avais prévu qu'on se rencontre trente minutes plus tôt pour faire un point détaillé sur vos missions, mais vu le temps qu'il nous reste, je vais aller à l'essentiel.

Son ton était précis, presque mécanique, comme si elle récitait une liste bien rodée.

— Nous sommes en pleine période de préparation des vacances pour les usagers, et je vais vous demander de prêter main-forte à la CESF de l'établissement, Mme Marie-Chantal Cailloux. D'ordinaire, un moniteur-éducateur s'en charge, mais nous n'en avons pas pour le moment, et c'est une tâche qui demande beaucoup de temps lorsqu'on est seul dessus.

Céline nota mentalement cette première mission tout en acquiesçant.

— Ensuite, il faudra rattraper le retard sur certains projets personnalisés. Comme je vous l'avais expliqué, cela fait un an et demi que nous n'avons pas d'éducatrice spécialisée en poste, donc il y a pas mal d'écrits en attente.

Elle marqua une brève pause avant d'enchaîner.

— Vous aurez également en charge la partie médicale, notamment le lien avec la pharmacie pour la délivrance des traitements et l'organisation des rendez-vous médicaux.

Céline sentit le poids des responsabilités qui lui étaient confiées, mais elle était prête à relever le défi.

— Et bien entendu, votre mission principale reste l'accompagnement des résidents dans leurs projets de vie. Chacun a ses propres objectifs, et votre rôle est de les soutenir pour qu'ils puissent les atteindre.

Mme Marino s'arrêta enfin, observant Céline avec un air d'attente.

— Des questions ?

Céline, bien que son esprit tourne à plein régime pour assimiler toutes ces informations, secoua doucement la tête.

— Non, c'est très clair, merci.

Elle savait que ce poste allait demander de l'investissement, mais elle était là pour ça.

Puis, Mme Marino prit la parole pour excuser le directeur de son absence, Céline se leva en remerciant Mme Marino avant de quitter le bureau. Elle rejoignit alors le bureau éducatif où trois de ses nouveaux collègues discutaient en riant. Lorsqu'elle entra, ils s'interrompirent et la saluèrent chaleureusement.

Stephen, le premier à prendre la parole, lui demanda comment elle allait, tandis que Soraya lui adressa un sourire en guise de bienvenue. Une troisième personne, qu'elle n'avait pas encore rencontrée, la salua d'un ton plus réservé. Il s'agissait de Julie, dont l'attitude était plus distante.

Stephen jeta un œil à l'horloge murale et annonça que la réunion allait bientôt commencer. Il invita Céline à les suivre vers la salle de réunion.

En entrant, elle aperçut un homme assis au fond de la salle. Il était imposant, ses cheveux grisonnants trahissant des années d'expérience. Installé confortablement, il mordillait pensivement un stylo qu'il ne retira de sa bouche que pour lui adresser un bref « bonjour » à peine audible, contrastant avec sa carrure.

Peu à peu, la salle se remplit. Mme Marino fit son entrée, suivie de la psychologue, de la secrétaire, de Fatoumata et de Marie-Thérèse. Après avoir salué l'assemblée, elle prit la parole.

— Avant de commencer, je propose que chacun se présente afin d'accueillir notre nouvelle collègue. Céline, je vous laisse commencer.

Céline hocha la tête, inspira profondément et se lança, un sourire aux lèvres.

— Bonjour à tous. Je m'appelle Céline Wilson, je suis éducatrice spécialisée. C'est ma première expérience professionnelle en foyer d'hébergement. J'ai effectué plusieurs stages durant ma formation, notamment auprès d'enfants en situation de handicap, puis auprès d'adultes en foyer d'accueil médicalisé. C'est donc mon premier poste en tant qu'éducatrice spécialisée à part entière.

Elle marqua une légère pause avant de poursuivre.

— Même si je débute, j'ai vraiment à cœur de contribuer au bien-être des résidents. Je suis consciente que j'ai beaucoup à apprendre et je suis ouverte à tous vos conseils. Mon objectif principal est que les résidents se sentent bien et puissent avancer dans leurs projets de vie. J'ai hâte de travailler avec vous tous.

Un léger silence suivit sa présentation, avant que Stephen ne prenne le relais d'un ton enjoué.

— Nous nous sommes déjà rencontrés vendredi, mais je vais me représenter rapidement. Je suis auxiliaire éducatif et social au foyer depuis sept ans. Je suis aussi délégué du personnel de la structure, donc si tu as la moindre question ou si tu as besoin de quoi que ce soit, n'hésite pas, je suis là !

Vint ensuite le tour de la psychologue, Mme Lisa, qui se contenta d'un bref résumé de son rôle. Puis Marie-Chantal prit la parole à son tour.

— Moi, je suis en poste depuis un an et demi en tant que conseillère en économie sociale et familiale. Bienvenue parmi nous !

Soraya enchaîna aussitôt.

— Je suis Soraya, ici depuis neuf ans en tant qu'aide médico-psychologique.

Fatoumata lui emboîta le pas.

— On s'est déjà croisées vendredi, mais pour rappel, je suis auxiliaire éducative et sociale, en poste depuis deux ans.

Enfin, Julie prit la parole avec une certaine nonchalance.

— Moi, c'est Julie. Je suis ici depuis dix ans en tant qu'aide médico-psychologique.

Lorsque vint le tour de Lahoussine, un léger malaise s'installa dans la salle. Céline sentit comme une crispation autour d'elle. Certains collègues évitèrent même de poser les yeux sur lui, tandis que d'autres affichaient une expression fermée.

Lahoussine hésita, cherchant visiblement ses mots. Un silence pesant s'installa, avant qu'il ne rompe enfin le flottement.

— Je suis A.M.P ici depuis vingt ans.

Son ton était plus retenu, et son sourire crispé. Après une courte pause, il adressa un regard à Céline.

— Bon courage.

Ses mots résonnèrent un instant dans la salle, ajoutant à l'étrange changement d'ambiance lorsqu'il prit la parole, comme l'arrivée soudaine de gros nuages noirs...

Pour sa première réunion professionnelle, Céline prit soin de noter chaque point abordé, tout en observant attentivement la dynamique entre ses nouveaux collègues. Rapidement, elle remarqua que certains prenaient naturellement la parole, échangeant avec aisance, tandis que d'autres se montraient plus en retrait. Ce qui l'interpella surtout, ce fut l'attitude de Lahoussine. Il restait silencieux, ne s'exprimant que lorsqu'il y était directement sollicité par Mme Marino.

À la fin de la réunion, cette dernière invita Céline à la suivre jusqu'à son bureau. Derrière son bureau bien ordonné, elle lui tendit une pile imposante de dossiers aux couleurs variées. Céline les réceptionna tant bien que mal, surprise par leur volume. Elle baissa les yeux sur la masse de documents et sentit aussitôt le poids des responsabilités qui l'attendaient.

En arrivant dans le bureau éducatif, Céline fut accueillie par un sourire amusé de Marie-Thérèse.

— Alors ça y est, elle te l'a enfin remis, cette montagne de dossiers qui a fait fuir les deux derniers postulants à ton poste, lança-t-elle en riant. Et encore, la pile était deux fois moins imposante !

Céline haussa un sourcil, intriguée.

— Ils sont partis à cause de ça ? demanda-t-elle en désignant la pile imposante de dossiers entre ses bras.

— Oh oui, confirma Marie-Thérèse en croisant les bras. Ils n'ont pas tenu plus d'une semaine. Quand on leur a montré ce qu'il y avait à l'intérieur, la conclusion était claire : certaines choses ne relevaient que de la cheffe de service.

Céline souffla doucement, puis afficha un sourire déterminé.

— Eh bien, je vais m'y mettre, alors ! Je vais voir ce que je peux faire.

Marie-Thérèse lui tapota l'épaule avec un clin d'œil.

— Courage ! Et si jamais tu as besoin d'aide, une fois que j'aurai un peu d'avance sur mon propre travail, je pourrai te donner un coup de main.

Joignant ses deux mains en signe de gratitude, Céline inclina légèrement la tête.

— Merci, ça me touche vraiment, répondit-elle avec un grand sourire.

Elle se plongea alors dans ces fameux dossiers, y consacrant toute sa semaine et même une partie de son week-end de service. Elle tria, organisa par thématique, rectifia, et ajouta des Post-its partout pour poser les bonnes questions à Mme Marino.

Lors de la réunion suivante, Mme Marino prit la parole.

— Avant de commencer, je voulais faire un point sur les projets des résidents. Comme vous le savez, le rattrapage des projets personnalisés prend du temps. Céline et moi travaillons dessus, et une fois que ce sera finalisé, nous pourrons reprendre les réunions de projets.

Céline hésita une seconde, mais voyant que Mme Marino la regardait, elle se lança d'une voix douce, mais assurée.

— La mise à jour des dossiers est terminée.

Un silence se fit dans la salle. Mme Marino haussa un sourcil, visiblement déstabilisée.

— Déjà ? lâcha-t-elle, surprise.

— Oui, j'ai finalisé le tri et les rectifications. Il ne reste plus qu'à planifier les réunions, précisa Céline avec calme.

Mme Marino cligna plusieurs fois des yeux, tentant visiblement de masquer son étonnement.

— Très bien… fit-elle, d'un ton presque mécanique.

Son regard s'éloigna immédiatement de Céline, et son visage se crispa légèrement. Son timbre de voix trahissait une pointe d'agacement. Visiblement, elle ne s'attendait pas à ce que le travail soit fait aussi vite… et aussi bien. Elle détourna rapidement la conversation vers un autre sujet, évitant soigneusement de croiser à nouveau le regard de Céline jusqu'à la fin de la réunion.

Dans un coin de la salle, Stephen et Marie-Thérèse échangèrent un regard complice. Visiblement, Céline venait de prouver qu'elle n'était pas là pour reculer devant les défis.

CHAPITRE 3

Une fois la réunion terminée, Julie et Soraya s'installèrent dans le coin fumeurs, profitant d'une pause bien méritée. Quelques minutes plus tard, Mme Marino les rejoignit, une cigarette à la main.

Julie la regarda en coin avant de lancer :

— Vous allez bien, Madame Marino ? On vous a trouvée un peu tendue en réunion.

Mme Marino haussa un sourcil avant de souffler, ironique :

— Oh ! c'est peut-être la fatigue, qui sait ?

Elle prit une bouffée de sa cigarette avant de leur adresser un regard curieux.

— Et vous, alors ? Ce week-end avec Céline, comment ça s'est passé ?

Julie échangea un regard amusé avec Soraya avant de répondre d'un ton détaché :

— Ça peut aller…

Soraya éclata de rire, ce qui piqua la curiosité de Mme Marino.

— Qu'est-ce qui vous fait rire ? demanda-t-elle en plissant légèrement les yeux.

Julie haussa les épaules avec un sourire en coin.

— Je la trouve coincée, trop maniérée… Franchement, j'ai du mal à voir comment elle va coller avec les résidents.

— Moi, j'ai plutôt l'impression qu'elle prend les gens de haut quand elle parle, ajouta Soraya en soufflant la fumée de sa cigarette.

Mme Marino les observa un instant avant de répondre, un sourire énigmatique aux lèvres :

— Hmmm… Je n'ai pas encore d'avis.

Julie lâcha un petit rire sarcastique.

— Bon courage ! En tout cas, ce week-end, elle est restée enfermée dans son bureau presque tout le temps.

Mme Marino haussa les sourcils, visiblement surprise.

— Non, sérieusement ?

— Je vous jure, confirma Soraya.

Mais avant qu'elles ne puissent continuer, elles se turent en voyant Céline approcher. Elle avait l'air de chercher quelqu'un.

— Mme Marino ? Le directeur est au téléphone, il vous cherche, dit-elle avec un sourire poli.

Mme Marino écrasa sa cigarette du bout du pied avant de répondre d'un ton neutre :

— J'arrive, merci.

Elle leur adressa un dernier regard avant de s'éloigner,

laissant Julie et Soraya échanger un sourire complice.

La journée touchait à sa fin. Céline consultait sa montre d'un œil distrait : son service était terminé depuis cinq minutes, elle commençait à rassembler ses affaires quand la porte du bureau des éducateurs s'ouvrit brusquement. Mme Marino fit irruption avec une expression neutre, presque glaciale.

— Céline, vous pouvez me suivre avec les dossiers dont vous m'avez parlé, s'il vous plaît ?

Sans attendre de réponse, elle tourna les talons et repartit d'un pas pressé vers son bureau. Céline, un peu surprise par le ton sec, attrapa la pile de documents qu'elle avait triée tout au long de la semaine, et la suivit sans un mot.

Une fois dans le bureau, Mme Marino lui désigna une chaise sans lever les yeux.

— Installez-vous.

Elle prit place à son tour, essuya lentement ses lunettes avec un mouchoir, puis attrapa un premier dossier. Elle l'ouvrit sans un mot, le feuilleta en silence. Le froissement des pages devint le seul son dans la pièce. Elle en prit un second, fit de même. Le silence s'allongea, pesant. Pendant plus de cinq minutes, Céline la regarda passer d'un dossier à l'autre, impassible. Enfin, Mme Marino reposa les documents, croisa les mains devant elle et soupira légèrement.

— Bon. Je vois que vous avez effectivement terminé… Et vous avez mis des Post-its. De quoi s'agit-il ?

Céline redressa légèrement le buste, posée mais attentive.

— J'ai tenté de regrouper les différentes problématiques récurrentes au sein des projets personnalisés. Il y a des éléments qui se recoupent souvent entre les suivis, j'ai voulu dégager des pistes pour relancer les accompagnements de manière plus cohérente.

Mme Marino arqua un sourcil.

— Je ne suis pas sûre de comprendre où vous voulez en venir, dit-elle, le ton légèrement tendu.

— Eh bien, j'ai pensé qu'on pourrait repartir du projet d'établissement pour retravailler les axes prioritaires. J'ai cherché une version récente, mais je n'ai trouvé que des documents qui datent de plus de dix ans. Il me semblait que ce serait une bonne base pour harmoniser les pratiques de l'équipe.

Un silence s'installa. Mme Marino sembla hésiter, puis répondit plus sèchement :

— L'actualisation du projet d'établissement n'est pas une priorité à ce stade. On verra ça plus tard. Je suis en poste depuis un an et demi seulement, et je n'ai pas encore eu le temps de m'en occuper. Et honnêtement, l'équipe est peu réceptive à ce genre de chantier.

Céline acquiesça doucement, sans cacher sa surprise. Ce recul vis-à-vis d'un outil aussi central l'interrogeait. Elle préféra garder ses pensées pour elle. Mme Marino, les bras croisés, la fixa quelques secondes, puis regarda l'horloge au mur.

— Vous avez terminé votre service, non ?

— Oui, confirma Céline.

— Très bien. Passez une bonne soirée.

Elle se replongea aussitôt dans ses papiers, laissant Céline quitter la pièce dans un mélange de perplexité et de frustration silencieuse.

Céline rejoignit alors son bureau, la tête baissée et pleins de questionnement, elle récupéra ses affaires très lentement, Marie Thérèse lui demanda si elle allait bien, ne la sentant plus dans son assiette, depuis son petit entretien, Céline lui expliqua alors les échanges qu'elle avait eus avec la cheffe de service et sa stupéfaction quant au fait de ne pas traiter le projet d'établissement en priorité, qu'elle pensait qu'elle serait capable de délier les nœuds qu'il pouvait y avoir sur et autour de l'accompagnement de l'institution, Marie Thérèse lui conseilla de ne pas se prendre la tête, qu'elle ferait mieux de rentrer chez elle et de penser à autre chose.

C'était le premier soir où Céline rentrait chez elle sans pouvoir se déconnecter du travail. En franchissant le grand portail marron de l'établissement, tout le long du trajet retour, elle se demanda si elle avait finalement choisi la bonne filière, la bonne structure.

À son arrivée chez elle, après une étreinte avec son compagnon, il lui demanda si elle allait bien et si elle avait passé une bonne journée, car habituellement très ritualisée, elle avait fait tout différemment à son entrée dans l'appartement. Il s'arrêta alors de ranger les courses et la prit dans ses bras en posant un baiser sur son front, lui pinça alors une joue en la suppliant de sourire, ce qui la fit rire instantanément, elle passa tout de suite a autre chose en lui expliquant que c'était sûrement la fatigue.

Au même moment au foyer d'hébergement, Marie Thérèse était en train d'expliquer à Julie et Soraya, ce que lui avait dit Céline suite à son entretien avec Mme Marino, elles se mirent alors à estimer le temps que Céline restera au foyer en faisant des pronostics à grands éclats de rire, Stephen rentra dans le bureau, et après lui avoir raconté les derniers ragots il mit à son tour son grain de sel, il dit alors « j'espère qu'elle ne va pas nous casser la tête avec son projet d'établissement ou autres », c'est clair, lui répondit Julie en y ajoutant qu'elle n'était pas la cheffe de service, Dieu merci heureusement d'ailleurs, en obtenant la confirmation et la satisfaction de ses amies.

Le lendemain en se rendant au travail les petits doutes de Céline s'étaient déjà dissipés, la nuit et les mots de réconfort de son compagnon l'avaient reboostée, en se disant au fond d'elle que c'était le monde du travail, mais c'était surtout au contact des résidents que sa flamme et sa soif d'apprendre s'allumaient depuis son arrivée, Céline avait très vite attiré la confiance des résidents. Jour après jour, leurs sollicitations à son égard ne faisaient que s'intensifier. Certains l'attendaient devant son bureau dès le matin, d'autres la guettaient dans les couloirs avec un sourire plein d'espoir. Ils aimaient discuter avec elle, lui confier leurs envies, partager leurs rêves, leurs souvenirs, mais aussi les obstacles qu'ils rencontraient, que ce soit sur leur lieu de travail ou, plus souvent encore, dans la cohabitation parfois délicate au sein du foyer.

Céline avait ce don rare de l'écoute véritable. Elle ne se contentait pas d'entendre : elle accueillait les paroles avec attention, reformulait avec douceur, validait les émotions sans jamais les juger. Beaucoup appréciaient qu'elle soit si réceptive, qu'elle prenne le temps, là où tant d'autres passaient en coup de vent.

— Toi, au moins, tu nous écoutes !

Cette phrase revenait souvent, glissée entre deux confidences, comme une reconnaissance spontanée de ce lien qu'elle parvenait à tisser. Elle leur renvoyait une forme de compassion authentique, ponctuée d'un mot juste, d'un regard qui ne fuyait pas, d'une posture apaisante. Elle ne faisait pas de grandes promesses, mais elle donnait l'impression d'être là pleinement. Et pour eux, cela changeait tout.

L'approche de Céline pour ses débuts, c'était fait sur une grande base d'écoute et de conversation, elle voulait que les résidents la laissent rentrer dans leur cercle, en essayant de ne jamais les brusquer, leur laisser le temps de lui faire confiance, à travers ses paroles et ses actes, le vouvoiement était déjà la première chose sur lequel elle c'était appuyer, même lorsqu'elle se rendait dans une chambre d'un résident elle frappait toujours à la porte en attendant qu'on lui ouvre en demandant toujours si elle pouvait rentrer en restant sur le pas de la porte, c'est ces petits détails qui tenait à cœur à Céline dans son accompagnement, en à peine deux mois la douceur de Céline avait déjà conquis tous les cœurs des résidents, son énergie, sa positivité et les pousser à aller de l'avant, elle avait insufflé quelque chose de nouveau, une quinzaine de résidents qui gravitait constamment autour d'elle, ils voulaient participé à tout ce qu'elle proposait, aussi bien pour les sorties extérieures que pour les petites activités manuelles mises en place lors des week-ends ou elle travaillait.

Dès ses premières semaines, Céline n'était plus une simple nouvelle recrue : elle était devenue un nom, une présence. Les résidents parlaient d'elle partout, surtout à l'ESAT, cette entreprise spécialisée qui accueillait des travailleurs en situation de handicap. Là-bas, son prénom circulait avec enthousiasme, porté par les récits de ceux qui avaient croisé sa route. Lorsqu'elle s'y rendait, ce qui était rare, les échanges devenaient presque cérémonieux. On la reconnaissait de loin, on l'attendait avec curiosité. Les sourires précédaient les mots, et toujours la même question revenait, un brin admirative : « C'est vous, Céline ? » Puis chacun se présentait à son tour, heureux de pouvoir dire : moi aussi, je lui ai parlé. Il fallait parfois plusieurs minutes à Céline pour franchir la porte de l'établissement, tant les travailleurs, amis ou connaissances des résidents, venaient la saluer, avec chaleur et respect.

Au foyer, son aura s'était propagée aussi vite qu'une traînée de lumière. Son style d'accompagnement, empreint d'écoute, de patience et de respect sincère, touchait les cœurs. Céline n'imposait jamais. Elle proposait, observait, ajustait. Elle ne prétendait pas savoir, elle apprenait avec. Et cela changeait tout. Les résidents le sentaient. En elle, certains trouvaient une oreille attentive, d'autres une présence rassurante, quelques-uns même, un modèle.

Sacha, 24 ans, passionné de nouvelles technologies, voyait en elle une partenaire de discussions exaltées. Lui qui adorait les jeux vidéos, les téléphones dernier cri et son vélo électrique dernier cri, ne résistait jamais à taquiner Céline dès qu'elle arrivait sur le sien. « Le mien va plus vite ! » lançait-il, le sourire accroché à son casque. Céline riait avec lui, sincèrement, comme avec un ami.

Il y avait aussi Natacha, 18 ans, arrivée presque en même temps qu'elle. Entre elles, la connexion fut immédiate. Elles étaient les deux seules blondes vénitiennes du foyer, détail charmant qui avait suffi à nouer une complicité. Natacha adorait Céline. Elle la trouvait « trop fun », et se plaisait à être à ses côtés dès que l'occasion se présentait.

Pour Monsieur D, 55 ans, la relation avec Céline était toute autre. Lui exigeait qu'on l'appelle par son nom de famille. Cela le reliait à son passé, à une vie familiale enfouie. Céline l'avait compris sans qu'il ait besoin d'expliquer. Jamais elle ne s'était trompée, jamais elle ne l'avait tutoyé. Elle le vouvoyait toujours, et cela comptait plus qu'elle ne pouvait l'imaginer. Lui, si peu bavard d'habitude, trouvait avec elle le confort de pouvoir parler, parfois longuement, parce qu'il en avait envie.

Chris, lui, approchait la trentaine. Il connaissait les murs du foyer depuis dix ans, et maîtrisait parfaitement son quotidien. Il savait faire seul, presque tout. Son seul frein était la nouveauté. Il rêvait de quitter l'établissement, mais la peur le paralysait. Céline, sans rien lui promettre, lui apportait un élan, une assurance douce. Elle ne le bousculait pas, mais elle lui montrait qu'il avait le droit d'y croire. Hélène, sa compagne, voyait en Céline une figure bienveillante. Elle la couvrait souvent de compliments, touchée par sa délicatesse. « Vous avez une beauté de poupée », lui soufflait-elle parfois avec une sincérité désarmante.

Et puis, il y avait les familles. Parents, frères, sœurs, tuteurs... Tous, même les plus réservés, avaient remarqué l'impact de cette jeune éducatrice. Céline avait ce talent de l'invisible : elle ne révolutionnait pas l'établissement, elle le révélait. Par petites touches, elle proposait, mettait en place des choses simples, mais essentielles. Son discours était porteur d'espoir. Elle croyait aux capacités de chacun, avec une foi tranquille qui rassurait et motivait. Elle refusait le fatalisme. Pour elle, chaque résident avait un futur à construire, un chemin à tracer.

Ces deux premiers mois passèrent à une vitesse folle. Et ceux qui, au début, avaient misé sur son échec en furent pour leurs frais. Céline n'était pas juste restée. Elle avait relevé les défis avec une efficacité remarquable. Mme Marino, qui lui avait confié les projets personnalisés à remettre en état, avait reçu en retour un travail accompli au-delà de toute attente. Non seulement les projets avaient été réorganisés, classifiés, mais Céline avait proposé une nouvelle armoire, accessible aux résidents. Une manière de leur rendre leur propre parcours plus lisible, plus tangible. Une reconnaissance silencieuse de leur place dans l'institution.

Avec l'aide de Marie-Thérèse, elle avait également mis en place les séjours d'été. L'organisation fut fluide, les choix respectés, les envies entendues. À aucun moment, elle ne chercha à briller. Ce n'était pas son genre. Mais autour d'elle, les choses s'alignaient. Le climat changeait. Les résidents souriaient plus. Ils posaient plus de questions. Ils osaient plus souvent dire ce qu'ils voulaient. Céline, sans bruit, faisait éclore des choses.

Elle n'avait pas de baguette magique. Juste une manière d'être. Une lumière douce, posée là où il fallait. Et dans cet univers parfois marqué par la résignation ou les habitudes figées, elle était une brèche. Une promesse. Celle que tout pouvait encore bouger. Pour les résidents, pour les équipes, et pour l'établissement lui-même.

Cela ne faisait que commencer, mais déjà, on sentait que tout ce qui allait advenir aurait, quelque part, la trace de ses pas.

CHAPITRE 4

Depuis quelques semaines, un équilibre doux semblait s'installer dans la vie de Céline. Après avoir passé plusieurs mois entre cartons et démarches administratives, elle savourait enfin ce sentiment rare de stabilité. Elle avait retrouvé un cours de yoga à deux pas de chez elle, dans une salle lumineuse et chaleureuse, et chaque mercredi soir, elle retrouvait ce petit groupe d'habitués avec qui elle partageait à la fois le silence et les sourires.

À la maison, les choses prenaient aussi une tournure paisible. Elle et Tristan commençaient à s'enraciner dans leur nouveau cocon, un appartement niché dans une résidence calme, bordée par une forêt qu'ils avaient appris à apprivoiser. Tous les dimanches matin, ils s'y baladaient avec un couple de voisins, fraîchement rencontrés, mais déjà très complices. Ce petit rituel dominical, rythmé par les pas dans les feuilles et les confidences partagées, avait rapidement gagné sa place dans leur quotidien.

Même les conversations entre eux avaient changé. Là où il y avait eu des hésitations, des doutes sur leur choix de quitter Paris et ses facilités, désormais, régnait une forme de sérénité. Le lieu et la date du mariage, sujet longtemps laissé en suspens, refaisaient surface dans les discussions. Après quatre années de relation, ils retrouvaient l'élan des premiers projets.

Céline et Tristan se connaissaient depuis l'enfance. Une

amitié longue et douce, ponctuée de regards furtifs et de silences éloquents, jusqu'au jour où Tristan, de peur de la perdre, osa lui dire ce qu'il gardait sur le cœur depuis des années. Deux ans plus tard, il lui demandait sa main, dans un élan simple et sincère. Elle était la femme de sa vie, disait-il souvent, son amie, sa confidente, et maintenant, sa fiancée. Leurs familles n'avaient jamais douté de cette union, eux qui, depuis des années, se demandaient quand enfin ils allaient sauter le pas.

Alors, quand Céline avait choisi de quitter Paris pour son premier poste, dans le secteur du médico social c'est sans hésitation que Tristan l'avait suivie. Lui, le Parisien pur souche, avait quitté le rythme effréné de la capitale pour s'installer à la lisière d'un bois, dans ce cadre apaisant qu'elle avait tant souhaité. Leur quotidien reprenait des couleurs. Le voyage en Italie, réservé depuis un an pour la fin août, devenait leur cap, une promesse d'évasion après ces mois de transition. Lors de son embauche, Céline avait été claire : c'était sa seule demande. Une semaine de congé sans solde pour ce voyage tant attendu. Mme Marino, lors de leur entretien, lui avait promis de la lui accorder.

Mais les promesses ne résistent pas toujours à l'épreuve de la réalité.

Ce fut donc une surprise amère, presque un choc, lorsque Céline découvrit le planning affiché dans le bureau du personnel. La semaine qu'elle avait demandée n'y figurait pas. Le cœur serré, elle préféra attendre la réunion d'équipe pour évoquer le sujet devant tous, espérant que cela permettrait une réponse claire, peut-être même un ajustement.

Lors de cette réunion, plusieurs collègues abordèrent leurs propres souhaits de congés estivaux. Mme Marino répondit alors avec un ton ferme, mais détaché : « Il faut un peu de bon sens dans les demandes, et une certaine cohésion d'équipe. Certains salariés sont prioritaires, d'autres n'ont légalement pas encore droit aux congés… »

Un léger silence s'installa, les regards se tournèrent vers Céline, sans qu'elle ait eu à prononcer un mot. Puis, Julie, bras croisés et ton agacé, lança : « Moi, une fois que c'est posé, c'est posé ! J'ai aussi ma vie, mon planning ! » Cette phrase tomba comme une gifle dans l'air de la salle. Céline comprit. Elle comprit que son voyage ne se ferait peut-être pas. Qu'une promesse verbale n'avait pas de poids ici ! Elle resta silencieuse, les mains jointes sur ses genoux, le regard fixe.

Une fois la réunion terminée, elle regagna son bureau, l'âme alourdie. Marie Thérèse, en l'apercevant ainsi, s'approcha. « Tu vas bien ? » Céline hésita, puis se confia. Elle raconta la promesse faite, le voyage tant attendu, l'engagement non tenu. Marie Thérèse fut surprise. Elle lui suggéra d'en parler directement à Mme Marino, mais Céline secoua la tête. « J'ai compris son message, Marie. Je préfère ne pas en faire une affaire. »

Marie Thérèse, touchée, consulta alors son propre planning. Elle vit que ses congés tombaient exactement sur la semaine demandée par Céline. Après quelques secondes de réflexion, elle déclara doucement : « Si ça peut t'aider… je peux voir pour annuler les miens. »

Ce geste, cette main tendue inattendue, ramena un peu de

chaleur dans le cœur de Céline. Elle ne répondit pas tout de suite, trop bouleversée par cette gentillesse sincère. Car ce n'était pas seulement une question de vacances. C'était le symbole d'une promesse bafouée, d'un rêve personnel sacrifié pour des priorités que d'autres imposaient.

Elle retrouva Tristan ce soir-là avec un sourire un peu forcé. Il la vit immédiatement, ce masque qu'elle portait. Elle lui raconta les faits avec pudeur. Il ne dit rien pendant un moment, puis la serra fort. « On trouvera une autre semaine. Ce n'est pas grave. »

Mais au fond d'elle, Céline sentait qu'un premier grain de sable venait de se glisser dans les rouages d'un travail qu'elle aimait. Ce petit choc révélait une chose : malgré sa motivation, malgré son investissement, certains engagements n'étaient que des illusions. Et elle n'avait pas encore idée que ce n'était que le début.

CHAPITRE 5

Quelques jours plus tard, alors qu'elle était en week-end de travail aux côtés de Stephen et Fatoumata, Marie Thérèse profita d'un moment plus calme pour discuter des congés d'été. Autour d'un café, chacun évoqua ses projets. Lorsque vint son tour, Marie Thérèse mentionna qu'elle envisageait de céder sa semaine de vacances à Céline. Elle expliqua brièvement la situation, le voyage en Italie prévu depuis un an, et la promesse initiale faite par Mme Marino.

Stephen, étonnamment compréhensif, hocha la tête.

— Si tu n'en as pas forcément besoin et que ça peut lui permettre de partir, c'est sympa de ta part.

Fatoumata, de son côté, resta un instant silencieuse, visiblement pensive, avant de dégainer son téléphone. Elle s'éclipsa quelques minutes, elle allait appeler Julie pour lui raconter l'histoire.

À l'autre bout du fil, Julie n'avait pas caché sa surprise.

— Je ne vois pas pourquoi elle lui laisse ses vacances ! avait-elle lancé, d'un ton sec.

— Elle vient d'arriver, elle n'a même pas droit à des congés encore !

Fatoumata, un peu gênée, tenta de temporiser :

— Tu connais Marie Thérèse…

Julie coupa, moqueuse :

— Oui, toujours à jouer la bonne sœur. Les deux échangèrent un rire rapide, teinté d'ironie.

Quelques jours plus tard, dans le bureau, Julie croisa Marie Thérèse en présence de Soraya, Stephen et Fatoumata. L'air faussement détaché, elle lança d'un ton presque innocent :

— Alors, tu pars où en vacances finalement, Marie Thérèse ?

Sans se démonter, celle-ci répondit qu'elle réfléchissait encore, mais qu'elle envisageait sérieusement de laisser sa semaine à Céline. Julie fronça les sourcils.

— Tu sais, toi aussi t'as droit à des vacances, hein. Ce n'est pas à toi de changer ton planning.

Marie Thérèse répondit calmement : « Ça ne me dérange vraiment pas. Elle avait prévu ce voyage depuis longtemps… et je peux poser mes congés un peu plus tard, je n'ai rien de prévu. »

Stephen, toujours mi-figue mi-raisin, esquissa un sourire.

— On a compris, tu veux sauver le monde, lança-t-il avec légèreté.

Mais Julie ne rit pas. Elle haussa les épaules, visiblement agacée.

— Franchement, si vous voulez jouer les pigeons, libre à vous. Moi je n'ai pas apprécié que Mme Marino vienne nous demander de revoir nos plannings, surtout qu'elle ne l'a jamais fait avant. Et maintenant, elle donne plus de responsabilités à Céline, ce n'est pas super équitable pour Marie Thérèse.

Soraya et Fatoumata, bien qu'un peu gênée, acquiescèrent timidement, par solidarité plus que par conviction. Le ton de Julie, cassant, s'imposa naturellement comme un avis qu'il valait mieux ne pas contredire.

Marie Thérèse, sans répondre, hocha la tête comme pour approuver, puis baissa simplement les yeux vers son dossier.

Pendant toute la semaine, les paroles de Julie trottaient dans la tête de Marie-Thérèse. Elles résonnaient à chaque croisement de regards avec Céline ou Mme Marino, déformant peu à peu sa perception. Là où elle aurait pu voir une collègue engagée et bienveillante, elle commençait à percevoir des intentions qu'elle n'aurait jamais soupçonnées auparavant. Tout ce qu'elle entendait ou observait lui semblait teinté d'ambiguïté, comme si sa confiance avait glissé dans une zone d'ombre.

Alors qu'elle était plongée dans ses pensées, Céline s'approcha doucement pour lui demander si elle pouvait toujours compter sur elle pour lui céder sa semaine de vacances. Un instant de silence s'installa. Le visage de Marie-Thérèse se ferma légèrement. D'un ton neutre, mais ferme, elle répondit qu'après réflexion, elle préférait finalement garder sa semaine.

Céline hocha doucement la tête, le sourire encore accroché à ses lèvres malgré la déception qui, subtilement, assombrit son regard.

Merci d'avoir essayé, je comprends tout à fait.

Elle ne laissa rien paraître de plus et retourna calmement à ses occupations, laissant Marie-Thérèse seule avec un mélange étrange de soulagement et de culpabilité.

Mais le doute fut vite balayé. Julie et Soraya vinrent à la rescousse, la rassurant sans qu'elle ait à exprimer le moindre mot. Julie affirma que Marie-Thérèse avait bien fait, et glissa même, sur le ton de la confidence, que Céline avait changé. Qu'elle était moins présente dans les petits moments de convivialité ! Soraya hocha la tête. Les faits n'étaient pourtant pas exacts, mais l'intention, elle, était claire : semer subtilement le doute. Cela suffit à conforter Marie-Thérèse dans sa décision.

Céline, elle, rentra ce soir-là avec un pincement au cœur. Le voyage en Italie, cette parenthèse qu'elle et Tristan préparaient depuis plus d'un an, s'éloignait doucement. Le dire à Tristan fut difficile. Il accueillit la nouvelle avec une moue contrariée.

— Mais... tu avais eu l'accord, non ? Ils avaient dit oui.

En voyant le visage de Céline, marqué par la fatigue et la tristesse, il ravala ses reproches. Il posa ses mains sur ses joues, la fixa longuement. Son regard se fit doux.

— Ce n'est que partie remise, OK ? L'année prochaine, on rajoute même une semaine de plus.

Puis, dans un accent volontairement caricatural mêlant espagnol et italien, il lui proposa de commander une pizza. Elle éclata de rire, émue par tant de tendresse dans ce moment pourtant si frustrant. Ce petit élan de légèreté suffit à l'apaiser.

Malgré cette déconvenue, Céline ne perdit rien de sa motivation. Le mois d'août, avec ses effectifs réduits et la moitié des résidents en vacances, était l'occasion rêvée pour améliorer certains fonctionnements internes. Elle plongea dans le travail avec une énergie calme et déterminée, réfléchissant à des axes d'amélioration pour les projets personnalisés et à de nouvelles idées pour renforcer l'implication des résidents.

À la rentrée, lors de l'entretien d'évaluation fixé par Mme Marino, elle se présenta sereine et préparée. L'échange débuta de manière formelle. Céline prit la parole pour dresser un premier bilan de ses mois passés dans l'établissement. Elle parla de son intégration, de la richesse des liens tissés avec ses collègues et les résidents, de la satisfaction qu'elle retirait de leur accompagnement, et du plaisir qu'elle avait à les voir progresser dans leurs projets de vie.

Elle glissa ensuite quelques propositions qu'elle avait mûrement réfléchies, notamment sur le déroulement des réunions de projets. Céline suggéra qu'elles puissent se faire dans un cadre plus convivial : quelques friandises, une boisson chaude, une ambiance rassurante qui aiderait les résidents à s'exprimer plus librement. Elle proposa aussi d'officialiser les invitations aux réunions de projets, par courrier ou mail, afin que chaque résident soit acteur de sa propre démarche, avec la possibilité d'inviter la personne de son choix, famille ou tuteur.

Mme Marino, bras croisés, l'écoutait d'un air figé. Son

visage impassible n'affichait ni approbation ni réel intérêt. Lorsqu'elle prit la parole, ce fut pour minimiser l'idée. Selon elle, les résidents étaient déjà informés oralement par leurs éducateurs référents, et en faire plus serait leur rajouter une charge inutile.

Céline tenta d'argumenter calmement :

Plusieurs résidents ne se rappelaient même plus les dates de leur réunion. Cela les implique davantage, les responsabilise...

Mais rien n'y fit. Mme Marino balaya les arguments d'un revers sec. Elle préféra passer à la suite de l'entretien, revenant sur l'observation de Céline au sein de l'équipe.

— Globalement, je suis satisfaite de votre travail, dit-elle, son ton devenu presque mécanique.

— Toutefois... j'ai noté que vous sembliez parfois un peu en retrait par rapport au reste de l'équipe.

Elle marqua une pause.

— Quelle est votre fréquence de passage dans les chambres des résidents ?

— Et que mettez-vous en place précisément durant vos week-ends de travail ?

Céline, surprise par la tournure, répondit avec douceur :

— Je monte dans les chambres quand c'est nécessaire. Si un résident m'y invite, ou s'il manque au repas, pour la prise de traitement, ou si sa présence doit être vérifiée. Mais je veille à respecter leur espace. Je n'interviens pas dans les suivis spécifiques de mes collègues sans leur concertation.

Mme Marino haussa un sourcil.

— Je ne parlais pas de ça. Je parle d'accompagnement.

Céline, un peu déstabilisée, reprit :

— Si quelqu'un a signalé une difficulté à propos de mon accompagnement, je suis ouverte à en discuter. Je n'ai pas cherché à éviter mes collègues, je n'ai peut-être pas assez échangé sur mes pratiques, mais ce n'est en aucun cas de la distance volontaire.

Mme Marino reste droite dans son fauteuil, insensible au ton sincère de Céline.

— Je suis capable de faire mes propres observations. Et si un collègue avait eu une remarque constructive à vous faire, il vous l'aurait transmise. C'est ça, le travail d'équipe.

Elle enchaîna aussitôt, comme si tout était déjà décidé.

— Je vais vous demander de mettre en place une activité hebdomadaire, comme le reste de l'équipe. J'ai déjà évoqué cela avec Marie-Thérèse.

Céline, poliment, demanda si elle aurait réellement le temps nécessaire à la mise en place d'une activité, au vu des écrits importants à produire chaque semaine.

Mme Marino répliqua sans détour :

— Vous n'êtes pas ici pour passer vos journées dans un bureau. Avez-vous autre chose à ajouter ?

Céline secoua doucement la tête.

— Non.

— Alors, bonne journée, conclut Mme Marino, sans même un sourire.

Ce jour-là, Céline ressortit du bureau avec un étrange mélange de fatigue et de lucidité. Son envie de bien faire restait intacte. Mais une question, discrète et persistante, commençait à germer en elle : jusqu'où pourrait-elle aller si l'on freinait chacune de ses idées ?

CHAPITRE 6

À la fin de cette longue journée, lorsque Tristan rentra de sa séance de sport, il trouva Céline assise sur le canapé du salon. La télévision était allumée, mais le volume muet. L'écran défilait sans que personne ne le regarde. Céline, recroquevillée sur elle-même, avait enfoncé ses jambes sous un pull trop grand, les bras enroulés autour de ses genoux. Son regard semblait perdu, fixé dans le vide.

Tristan s'approcha doucement, déposa un baiser sur son front et, d'un ton doux, mais inquiet, lui demanda :

— Ça va, mon cœur ?

Elle répondit simplement d'un hochement de tête, sans dire un mot. Il sentit immédiatement que quelque chose n'allait pas.

Il lui demanda si le problème était grave, elle lui répondit négativement d'un signe de la tête, il lui caressa alors tendrement les cheveux.

— Accorde-moi le temps d'une douche, et ensuite, tu me racontes ce qui te tourmente, d'accord ?

Elle hocha la tête une seconde fois, toujours silencieuse. Tristan s'éclipsa dans la salle de bain. À son retour, il retrouva Céline exactement dans la même position. Elle n'avait pas bougé d'un centimètre. Seule différence : lorsqu'il s'assit près d'elle, elle rompit enfin le silence avec une petite voix teintée d'humour, un sourire triste accroché au coin des lèvres.

— Dis-moi… Qu'est-ce qui me fait de la peine, selon toi ?

Tristan comprit qu'elle était enfin prête à parler. Il lui répondit par un sourire encourageant, et ce fut l'élan dont elle avait besoin. Elle bondit sur ses genoux, se retourna d'un mouvement vif et se mit debout sur le canapé, les bras levés comme pour donner plus d'ampleur à ses paroles.

— Non, mais tu te rends compte ! Ma cheffe me reproche d'être distante avec les résidents ! Alors que c'est justement ce que je préfère dans mon métier ! Discuter avec eux, prendre le temps, les écouter… Ce sont des personnes incroyables, avec tellement de choses à dire et à transmettre.

Son ton montait à mesure que l'indignation refaisait surface. Elle s'anime davantage, mimant certains passages de son entretien avec Mme Marino, revenant sur les remarques qu'elle avait jugées injustes et sur toutes les tâches administratives qu'on lui demandait d'accomplir.

— C'est elle qui me donne des montagnes de dossiers à traiter, avec des échéances irréalistes ! Je suis enfermée dans le bureau pendant des heures, et maintenant elle me reproche de ne pas être assez présente avec les résidents ? Non, mais sérieusement… Et encore, je suis presque sûre qu'un jour elle me reprochera de faire trop d'activités, tu vas voir !

Tristan, resté assis face à elle, la laissait vider son sac, les bras croisés, un demi-sourire attendri sur les lèvres. Il attendit qu'elle reprenne son souffle avant de répondre, sur un ton faussement naïf :

— Pourtant, toi, tu adores faire des activités avec eux… Je ne comprends pas, ce n'est pas logique…

— Mais justement ! Ce n'est pas logique ! répliqua-t-elle en s'asseyant d'un coup, encore gonflée par la frustration. Ce n'est pas ce qu'elle dit qui me dérange le plus… c'est comment elle le dit. Comme si tout ce que je faisais n'était jamais tout à fait suffisant, toujours teinté de reproche ou d'un doute permanent.

Tristan secoua doucement la tête avec un sourire amusé.

— Vous, les femmes, vous êtes vraiment spéciales…

— Quoi ?! s'exclama Céline, faussement choquée, avant d'attraper un coussin et de le lui jeter à la figure.

Tristan éclata de rire et leva les bras comme pour se protéger. Puis, dans un élan de tendresse, il se leva, la prit dans ses bras, et la souleva légèrement avant de la faire redescendre lentement, les yeux dans les siens.

— Reste telle que tu es, souffla-t-il. Et tout ira bien.

Ces mots, simples, mais sincères, touchèrent Céline en plein cœur. Sans réfléchir, elle l'embrassa longuement, avec une intensité qui disait tout ce qu'elle ne savait plus mettre en mots. C'était sa manière à elle de le remercier, de lui dire combien sa présence était précieuse.

Pouvoir se reposer sur Tristan, dans ces moments de doutes ou d'injustices, était une bouffée d'air pour Céline. Il lui suffisait d'une soirée comme celle-là, d'un regard, d'une étreinte, pour sentir que tout n'était pas vain, que malgré les obstacles, elle était soutenue.

Leur complicité, leur amour, leur confiance mutuelle… tout cela formait un cocon solide dans lequel Céline trouvait un équilibre.

CHAPITRE 7

Septembre pointait à l'horizon, et dans le foyer, cette période marquait une étape charnière pour les résidents. Les vacances d'été laissaient place à la rentrée, moment de réorganisation pour les éducateurs et de nouveaux défis pour les personnes accompagnées. L'air était chargé d'une douce excitation, mais aussi d'une certaine appréhension. Céline sentait que cette période serait décisive, autant pour elle que pour les résidents qu'elle accompagnait.

Cet après-midi-là, dans la salle commune, Mme Marino avait convoqué toute l'équipe. Comme à son habitude, elle était déjà installée à la table, un planning détaillé étalé devant elle. Son regard perçant balayait l'assemblée.

— La rentrée approche à grands pas, commença-t-elle d'un ton autoritaire. Comme chaque année, nous devons proposer aux résidents des activités adaptées. Mais cette fois, en plus des projets personnalisés, j'aimerais que chacun propose une activité de son choix.

Céline écoutait attentivement. Elle savait que l'accompagnement ne se limitait pas aux soins quotidiens : il s'agissait aussi d'offrir aux résidents des opportunités d'épanouissement, de développement personnel, de bien-être. Elle se dit alors que cette nouvelle mission pouvait être l'occasion de prouver sa valeur autrement.

Les jours qui suivirent furent intenses. Céline jonglait entre les entretiens avec les résidents, la prise en main de leurs projets personnalisés, et l'élaboration de cette fameuse activité à soumettre à Mme Marino.

Après plusieurs réflexions et une fine observation des besoins des résidents, une idée germe dans son esprit : la poterie. Elle se souvenait de ses propres cours, adolescente, et à quel point cette pratique l'avait apaisée, aidée à exprimer sa créativité. Elle se disait que, par son côté tactile et libre, la poterie pouvait permettre aux résidents de s'exprimer autrement, de travailler leur motricité fine, tout en gagnant en confiance. L'art, pensait-elle, restait l'un des meilleurs moyens de dire ce que les mots ne savent pas traduire.

Elle prit alors contact avec la Maison des Loisirs et de la Culture de la ville, qui lui proposa un rendez-vous pour échanger sur un futur partenariat.

Le jour de la réunion arriva vite. Céline était nerveuse, mais confiante en son projet. Chaque éducateur présenta, tour à tour, son activité :

Stephen proposa de renouveler son activité promenade. Julie maintint son atelier cuisine, toujours en binôme avec Soraya. Fatoumata, quant à elle, suggéra une activité pâtisserie. Marie-Thérèse se chargea des jeux de société, et Lahoussine décida de reprendre l'activité qu'il avait déjà menée l'année précédente.

Puis vint le tour de Céline. Elle présenta son projet d'atelier poterie à l'extérieur, en partenariat avec la maison des loisirs. Elle explique les bienfaits de l'activité : interaction sociale, canalisation des émotions, développement de la motricité fine, expression de soi. L'idée, bien qu'accueillie avec un certain scepticisme par Mme Marino, piqua la curiosité de l'équipe. M. Tavares, le directeur, trouva la proposition pertinente et encourageante.

Il félicita l'ensemble de l'équipe pour sa motivation et la diversité des projets, puis s'excusa de devoir quitter la réunion pour honorer une obligation.

La réunion reprit avec le point « projets des résidents ». Chaque référent devait faire un retour sur les souhaits et objectifs exprimés par les personnes accompagnées, en prévision des réunions de projets à venir.

Ce fut au tour de Lahoussine de présenter celui de M. Martie. Il insista sur le fait qu'à chaque nouvelle réunion, le résident reprit son envie de passer le permis de conduire. Il expliqua que cette demande, bien que déjà évoquée plusieurs fois, restait importante pour lui et méritait d'être à nouveau considérée.

Julie, Stephen et Soraya échangèrent alors un regard complice, étouffant des rires en chuchotant.

Céline, perplexe, demanda si ce projet était réaliste compte tenu des difficultés visuelles de M. Martie, notamment son refus catégorique de porter des lunettes.

Julie intervint à son tour, exprimant qu'un tel projet risquait de le mettre en échec.

Lahoussine, visiblement agacé, répondit d'un ton ferme :

— C'est le choix du résident.

Soraya soupira, se penchant vers Marie-Thérèse pour lui glisser à voix basse :

— Monsieur-je-sais-tout a encore parlé.

Mme Marino intervint aussitôt pour calmer les tensions naissantes, et mit un terme à la réunion avant que l'ambiance ne se détériore davantage.

Une fois Mme Marino et Lahoussine partis, un silence s'installa, rapidement rompu par Julie qui, en ajustant ses lunettes, lança :

— Bon... ça devient une habitude ces réunions tendues.

Elle enchaîna en qualifiant Lahoussine de « désagréable », tout en regardant Céline et en lui conseillant, à demi-mot, de s'en méfier. Elle chercha le soutien de ses collègues du regard.

Soraya échangea un regard amusé avec Céline, un sourire en coin, mi-compatissant, mi-moqueur.

Stephen, appuyé contre la table, haussa les épaules.

— Ne t'inquiète pas... ça fait partie du folklore ici. Lahoussine est comme ça avec tout le monde.

Il marqua une pause avant d'ajouter :

— Tu verras, ce n'est pas toujours évident. Certains ont leurs habitudes, leurs certitudes... difficile d'en sortir.

Céline les écoutait sans rien dire, prenant conscience que les tensions dans l'équipe étaient plus profondes qu'elles n'y paraissaient. Mais malgré ces remarques, elle gardait en elle la volonté de rester centrée sur l'essentiel : les résidents.

Une semaine s'était écoulée depuis la dernière réunion, et

le moment de présenter le projet personnalisé de M. Martie était arrivé. Lahoussine devait exposer ses propositions devant l'équipe composée de Céline, Mme Marino, Marie Thérèse et la psychologue, Mme Lisa. Céline appréhendait un peu cette réunion, se remémorant les tensions qui avaient marqué les derniers échanges à ce sujet.

Mme Marino ouvrit la réunion en invitant tout le monde, à prendre place, le temps pour l'équipe de faire un point avant que M. Martie ne les rejoigne. Afin de créer une ambiance plus détendue, elle avait disposé des collations sur la table, quelques friandises accompagnées de petits gâteaux et de thé. L'initiative directement inspirée des suggestions de Céline, mais dont elle s'attribua discrètement tout le mérite, lorsque le directeur la félicita de cette très bonne initiative.

Lahoussine prit alors la parole, exposant avec calme et clarté le déroulé du projet qu'il avait mis en œuvre avec M. Martie. Il insista sur l'importance d'écouter et de respecter les envies de M. Martie, notamment son désir de passer le permis de conduire. Lahoussine expliqua qu'il s'était déjà renseigné auprès d'une auto-école pour organiser un test de conduite. Mais pour lui, ce projet ne se résumait pas seulement à ce test. Il voyait là une opportunité d'accompagner M. Martie sur plusieurs aspects : de répondre à une demande qui revenait sans cesse depuis plusieurs années, en expliquant que de ne jamais avoir de réponse était bien plus frustrant qu'une réponse négative ou un échec. Il lista alors les difficultés que pouvait rencontrer M. Martie avec ces problèmes de vue sur son lieu de travail et dans son club d'athlétisme. Lors des réunions d'échanges avec les référents projets

ESAT de M. Martie, ils faisaient part de difficultés croissantes sur les chaînes de montage, de même pour son club d'athlétisme qui avaient dû appeler la structure lors de plusieurs chutes nocturnes de M. Martie durant ses entraînements.

Lahoussine expliqua que M. Martie avait beaucoup de mal avec le personnel médical, quel qu'il soit. Malgré ces 50 ans, il était le plus sportif au sein de la structure et de par sa très grande autonomie, il avait toujours pu évoluer à des postes à responsabilité au sein de son entreprise.

La psychologue prit alors la parole et alla également dans le sens de Lahoussine, lui demandant alors s'il voulait, à travers le rêve de M. Martie, pouvoir en profiter pour répondre à une problématique observée par les professionnels.

— C'est exactement ça ! lui répondit-il, laissant poindre son soulagement d'être compris.

Pendant qu'ils échangeaient, tous les professionnels les écoutaient attentivement. Céline, initialement sceptique, se rendit rapidement compte que le projet présenté était bien plus ambitieux et structuré qu'elle ne l'avait imaginé. Elle aperçut chez Lahoussine une facette qu'elle n'avait jamais vue jusque-là : un professionnel rigoureux, à l'écoute et profondément engagé dans l'accompagnement des résidents.

Mme Marino, en revanche, semblait moins convaincue. Son visage trahissait un scepticisme discret. Céline, en l'observant, comprit qu'elle allait devoir intervenir si elle voulait soutenir ce projet, car il semblait réellement correspondre aux besoins et aux aspirations de M. Martie.

Au bout de quelques minutes, M. Martie fit son entrée dans la salle. Après les salutations d'usage, il s'exprima avec franchise :

— Moi, je veux conduire et passer mon permis.

Sa déclaration simple, mais déterminée provoqua un court silence, avant que Lahoussine ne prenne de nouveau la parole pour le rassurer.

— On est là pour vous accompagner, M. Martie. Nous allons faire tout ce que nous pouvons pour que vous puissiez y arriver, mais il faudra aussi que vous soyez prêt à fournir des efforts et à affronter certaines difficultés. Nous en avons déjà discuté lors de nos derniers entretiens.

— Oui, dit M. Martie en souriant. Je n'ai pas envie de provoquer un accident à cause de ma vue, déjà que je commence à avoir du mal en vélo.

— Moi aussi, j'ai connu ça, répliqua le directeur en expliquant que lui aussi était tombé en vélo dans la forêt, ce qui fit rire M. Martie, lui rappelant que c'était un très beau et courageux projet.

Les mots de Lahoussine, pleins de bienveillance, mais aussi de réalisme, semblèrent apaiser M. Martie. Céline, quant à elle, fut touchée par la manière dont Lahoussine gérait la situation, combinant fermeté et empathie.

Cette réunion, à son grand étonnement, prenait une tournure constructive. Pour Céline, c'était une nouvelle leçon : malgré les difficultés relationnelles avec certains collègues, certains savaient se montrer exemplaires quand il s'agissait des résidents. Lahoussine en était la preuve et Céline se promit de garder l'esprit ouvert à son sujet.

CHAPITRE 8

Céline avait rapidement compris que son rôle ne se limitait pas à organiser des activités ou à planifier des projets personnalisés. L'essence même de son métier, elle l'avait découverte dans les silences, les regards, les gestes hésitants. Elle l'avait trouvée dans ces instants où les résidents, souvent enfermés dans leurs routines ou dans leur solitude, ouvraient une porte — parfois minuscule — vers leur monde intérieur.

Chaque jour au foyer devenait une série de rencontres authentiques. Céline ne s'imposait jamais. Elle proposait, attendait, observait. Sa manière d'être n'était pas démonstrative, mais elle apaisait, elle rassurait. Il y avait chez elle une forme de délicatesse, une lumière discrète, mais constante, qui faisait qu'on se sentait vite en sécurité à ses côtés.

Ce matin-là, après avoir salué les résidents dans le couloir, Céline s'arrêta devant la chambre de Thomas, un résident de 35 ans atteint de troubles psychiques sévères. Il vivait avec une anxiété chronique qui l'empêchait parfois de faire face aux tâches les plus simples. Il avait tendance à accumuler ses courriers sans jamais les ouvrir, redoutant qu'ils contiennent de mauvaises nouvelles.

Elle frappa doucement à la porte.

Entre... lança-t-il d'une voix hésitante, presque fragile.

En pénétrant dans la pièce, Céline le trouva assis sur son lit, penché sur une pile de papiers éparpillés. Son regard, d'abord surpris, se posa sur elle avec une expression mêlée de fatigue et de soulagement. Elle s'approcha calmement, sans s'imposer.

Je peux vous aider avec vos papiers, si vous le souhaitez. Nous pouvons les regarder ensemble ? »

Thomas hocha la tête, s'écarta légèrement et lui fit une petite place. Céline s'installa près de lui sans dire un mot de plus. Elle savait qu'avec Thomas, le silence avait aussi sa place. Pendant près d'une demi-heure, ils trièrent les documents, un par un. Céline prenait le temps d'expliquer, de relire à voix basse, de dédramatiser chaque courrier.

Petit à petit, elle sentit son regard s'apaiser. Il reprenait le contrôle, retrouvait un semblant de stabilité. Et au détour d'une blague légère, il lui offrit un sourire discret, mais sincère. Pour elle, c'était une victoire silencieuse.

Mais Thomas n'était pas le seul à être touché par l'approche de Céline.

Un peu plus tard, dans l'après-midi, elle monta au deuxième étage. Elle y retrouva Aliya, 27 ans, une jeune femme vive et expressive, mais souvent traversée par de grandes inquiétudes. Aliya écrivait beaucoup : ses pensées, ses rêves, ses angoisses. Elle tenait un carnet comme on tient un journal de survie.

Quand Céline arriva, elle était absorbée dans l'écriture.

— Regarde ce que j'ai écrit ! dit-elle en tendant fièrement son carnet.

— Tu peux lire si tu veux !

Céline s'installa près d'elle, prit le carnet entre ses mains, et lut attentivement les phrases, parfois maladroites, mais toujours sincères. Aliya y parlait de son envie de partir en Espagne, de voir la mer, d'apprendre à nager. Mais elle écrivait aussi ses peurs : celle d'être oubliée, celle de ne pas être capable.

— C'est très beau, murmura Céline en lui rendant le carnet. Vous mettez des mots sur ce que vous ressentez, et ça, c'est précieux.

Aliya baissa les yeux, les joues roses d'émotion. C'était rare qu'on prenne le temps de lire vraiment ce qu'elle écrivait.

Plus tard, alors que les couloirs se remplissent doucement de rires et de va-et-vient avant le dîner, Céline voit Sacha, un résident d'une vingtaine d'années. La porte de sa chambre grande ouverte, il se tenait devant son placard, visiblement perdu.

— Vous cherchez quelque chose ? demanda doucement Céline.

— Mon gilet bleu. Je suis sûre qu'il était là…

— Rentre ! lui dit-il

Céline s'approcha, fouilla avec elle dans le placard en désordre, tout en lui posant des questions sur sa journée. Finalement, le fameux gilet bleu fut retrouvé, enfoui sous une pile de vêtements. Sacha éclata de rire.

— Vous voyez ? On forme une bonne équipe ! lança Céline en plaisantant. Peut-être que si vous rangiez un peu plus souvent, ce serait plus simple…

Sacha, hilare, lui fit signe avec son pouce.

— Merci, Céline. T'es toujours là pour nous.

C'est un sentiment que partagent de plus en plus de résidents. Car Céline n'était pas seulement disponible. Elle était présente. Entièrement. Et cette différence, les résidents la sentaient.

Avec Monsieur D., le lien était tout autre. Il avait 55 ans, une allure fière, un regard dur. Il ne supportait pas qu'on l'appelle par son prénom. Pour lui, c'était une question de respect, un reste d'une vie passée dont il parlait rarement. Céline n'avait jamais oublié cette consigne. Elle le vouvoyait toujours, l'appelait « Monsieur D. » et respectait ses silences. À force de patience, elle avait gagné son estime. Il la laissait entrer dans sa chambre, chose qu'il refusait la plupart du temps au membre de l'équipe.

— Vous êtes une des seules ici qui me parle correctement, lui avait-il confié un jour.

Chris, un autre résident, approchait la trentaine. D'une grande autonomie, il vivait avec sa compagne Hélène dans une sorte de cocon au sein du foyer. Il rêvait de prendre son indépendance, mais sa peur de l'inconnu le retenait. Céline n'avait jamais cherché à le pousser. Elle lui parlait souvent de ses projets, l'écoutait, l'aidait à construire petit à petit une vision concrète de sa vie hors du foyer.

— Tu sais, Céline, lui avait dit un jour Hélène, t'as la beauté d'une poupée, mais c'est ton cœur qu'on préfère.

Elle ne cherchait pas à briller ni à imposer son savoir. Elle observait, s'adaptait, avançait avec douceur. Son aura n'était pas bruyante, mais elle laissait une trace profonde. Une présence calme, rassurante, une écoute attentive qui donnait envie de se confier. On la sollicitait beaucoup. Elle était celle qu'on venait chercher quand ça n'allait pas, celle à qui on voulait montrer une photo, raconter un souvenir ou demander un conseil.

Les familles ne s'y trompaient pas non plus. Plusieurs parents, lors de leurs visites, avaient tenu à la remercier pour sa bienveillance. Certains avaient même écrit des petits mots à son attention, saluant sa manière d'être, sa patience, son humanité.

Céline, de son côté, ne cherchait pas les louanges. Elle restait concentrée sur son objectif : accompagner chaque résident dans son chemin, à son rythme. Et elle savait que cela passait aussi par la reconnaissance de leur individualité.

C'était difficile, parfois. Épuisant même. Mais elle savait pourquoi elle faisait ce métier. Et elle savait qu'à travers ces gestes simples, elle bâtissait quelque chose de solide. Pas à pas. Avec eux. Pour eux.

Ce soir-là, en rentrant chez elle, elle repensait à Thomas, à Alya, à Sacha, à tous ces visages. Elle souriait en silence, pédalant avec légèreté sur le chemin du retour, le cœur gonflé de gratitude.

CHAPITRE 9

Un matin, alors que Céline aidait Natacha à ranger sa chambre, Julie passa près de la porte entrouverte. Elle entendit les rires des deux femmes et s'arrêta un instant, immobile. Le rire cristallin de Céline résonnait doucement dans le couloir, accompagné de celui plus grave, spontané, de Natacha. Ce son familier, qui autrefois appartenait à ses moments à elle, venait lui rappeler à quel point les choses avaient changé.

Julie serra les dents.

— Encore une fois, elle joue les sauveuses, marmonna-t-elle dans un souffle à peine audible, le regard noir.

Elle resta quelques secondes supplémentaires à observer, presque hypnotisée par cette scène de complicité sincère. Puis, agacée, elle poussa doucement la porte et pénétra dans la chambre sous prétexte de venir « prendre des nouvelles ». Son entrée soudaine brisa l'ambiance légère. Natacha, surprise, se redressa aussitôt, tandis que Céline se retourna avec son habituel sourire, sans se douter des intentions de Julie.

Mais au fond d'elle, Julie n'était pas venue par simple curiosité. Ce qu'elle ne supportait pas, c'était cette façon dont Céline créait du lien. Ce naturel, cette douceur, cette présence si rassurante. Elle ne voulait pas lui laisser tout l'espace, pas cette reconnaissance affective qu'elle pensait lui revenir de droit.

L'après-midi, Céline avait organisé un atelier de peinture et reconstruction, l'idée était de retaper une pièce de l'établissement afin de l'aménager pour en faire un espace détente. L'idée lui était venue de l'histoire d'un résident qui avait pris l'habitude de dégrader les parties communes de l'établissement. Lors de son projet personnalisé, et après de nombreuses petites sanctions peu concluantes, Céline avait su prendre le contre-pied. Elle avait convaincu celui-ci de s'inscrire dans ce projet et, pour l'impliquer davantage, elle avait décidé de le nommer responsable de l'atelier de ce nouveau lieu de vie pour les résidents.

Julie, qui continuait d'observer avec une certaine amertume l'évolution de Céline au sein du foyer, voyait son agacement initial se transformer lentement en une jalousie palpable. Petite brune aux yeux bleus, au physique rondouillet, Julie n'était pas habituée à partager l'attention des résidents. Elle s'était jusqu'alors imposée comme une figure incontournable du foyer. Mais l'arrivée de Céline, avec sa douceur naturelle et sa prestance presque angélique, avait bouleversé cet équilibre.

Julie, excédée, fulminait intérieurement. Depuis quelque temps, elle ne supportait plus de voir Céline gagner autant de terrain dans les cœurs des résidents. Il fallait agir. Elle marcha d'un pas rapide vers le bureau éducatif, où Soraya feuilletait distraitement un classeur.

— Soraya, faut qu'on parle, lança-t-elle d'un ton sec.

Soraya leva les yeux, surprise.

— Qu'est-ce qu'il y a encore ?

Julie jeta un coup d'œil derrière elle, puis referma doucement la porte.

— J'ai vu Céline ce matin… Elle était dans la chambre de Natacha. Encore. Tu ne trouves pas ça bizarre, toi ? Elle joue un rôle. Elle veut juste les avoir dans sa poche, se faire bien voir.

Soraya haussa les épaules, un brin gênée.

— Elle fait juste son boulot, non ?

Julie s'emporta :

— Non, Soraya, elle fait du cinéma ! Elle sourit tout le temps, elle veut se donner une image parfaite… mais c'est de la comédie. J'te jure, elle m'insupporte. On dirait qu'elle veut devenir la mascotte de l'établissement.

Elle marqua une pause, scrutant le visage de sa collègue à la recherche d'un signe d'approbation.

— Tu verras, un jour elle vous la mettra à l'envers. Mais moi je la vois venir, ajouta-t-elle, convaincue de son propre mensonge.

Soraya ne répondit pas. Julie, elle, se frottait déjà les mains : elle venait de semer une graine.

— Tu as raison viens on va voir ce qu'elle fait.

Avec Soraya, elle monta espionner Céline.

Avec une discrétion étudiée, elles montèrent ensemble à l'étage, longeant les couloirs jusqu'à la salle où Céline animait l'atelier de rénovation de la salle avec les résidents. Julie jeta un coup d'œil par la porte entrouverte, observant la scène avec une moue agacée. Voyant Céline toute souriante, pinceau à la main, elle décida d'entrer pour casser l'ambiance.

— C'est bien tout ça, mais tu devrais peut-être te reposer un peu, Céline, dit-elle d'un ton faussement bienveillant, dans lequel transperçait une pointe de sarcasme.

Céline releva la tête, toujours aussi douce.

— Oh, ça va, merci Julie. Les résidents apprécient beaucoup, et c'est tout ce qui compte.

Julie ne répondit rien, mais son regard en disait long. Elle quitta la pièce, laissant derrière elle un mélange de frustration et de ressentiment. Cette scène fut pour elle la goutte de trop.

Dès le lundi matin, bien décidée à faire valoir son point de vue, Julie alla trouver Mme Marino. Bras croisés, elle prit un ton à la fois concerné et mesuré :

— Je voulais vous parler de Céline… Elle est très impliquée avec les résidents… peut-être un peu trop.

Mme Marino releva doucement la tête, quittant son écran d'ordinateur.

— Trop impliquée ? Expliquez-moi, car la dernière fois, vous m'aviez plutôt dit l'inverse.

Julie fronça les sourcils, ajustant son discours :

— Disons que, maintenant, les week-ends, elle est partout… toujours dans les chambres des résidents, elle organise des ateliers, des sorties… Elle est très présente, trop peut-être. Cela donne l'impression qu'elle veut tout prendre en main, et honnêtement, ça commence à déséquilibrer notre fonctionnement habituel.

Mme Marino ne répondit pas immédiatement. Elle se mit à tapoter doucement son stylo sur la table, les yeux fixés sur le vide, comme si elle réfléchissait intensément... ou pesait ses mots.

— Avant, les week-ends étaient plus calmes, reprit Julie. Céline transforme tout en animation. Et beaucoup de résidents ne s'inscrivent plus aux autres propositions. Ils ne jurent plus que par elle.

Elle marqua une pause avant d'ajouter :

— D'ailleurs, avec Soraya, nous pensons qu'il serait préférable de la changer de groupe pour les week-ends... si c'est envisageable.

Un léger soupir s'échappa des lèvres de Mme Marino. Elle acquiesça lentement :

— Très bien... je vais voir ce que je peux faire.

Sa réponse, neutre en apparence, trahissait pourtant une certaine complaisance. Elle n'avait pas défendu Céline ni questionné davantage les accusations. En réalité, cette plainte de Julie l'arrangeait. Elle-même nourrissait depuis quelque temps un sentiment diffus d'agacement envers Céline, qu'elle trouvait trop rigoureuse, trop impliquée, presque trop professionnelle... au point de faire ressortir, par contraste, ses propres limites. L'enthousiasme des résidents pour Céline, son aisance dans les réunions, sa justesse dans les projets, tout cela avait fini par lui donner l'impression qu'on ne voyait plus qu'elle. Alors que l'équipe commence à s'en plaindre, cela venait comme une confirmation secrètement attendue.

Julie, quant à elle, quitta le bureau avec un demi-sourire, se retenant à peine de courir jusqu'à Soraya pour lui rapporter leur « victoire ».

De son côté, Céline restait fidèle à elle-même. Elle percevait parfois l'agressivité passive de Julie, mais elle choisissait de ne pas y prêter attention, se concentrant sur ce qui comptait vraiment : le bien-être des résidents.

Mais depuis quelques jours, Céline était interpellée par le comportement de Marie Thérèse, elle avait remarqué une distance croissante avec elle. Celle qui lui était auparavant si chaleureuse et disponible semblait maintenant froide et distante. Céline tentait d'ignorer cette transformation, mais une petite voix intérieure ne cessait de lui souffler qu'il se tramait quelque chose.

Un jour, durant leur pause, elle prit son courage à deux mains :

— Marie-Thérèse, est-ce que tout va bien ? Je sens que quelque chose a changé entre nous…

Marie-Thérèse sursauta légèrement, visiblement surprise par la question. Elle tenta un sourire maladroit, mais ses gestes la trahissaient.

— Non, non, tout va bien Céline, vraiment… répondit-elle d'une voix précipitée.

Pourtant, dès que Céline quitta la pièce, Marie-Thérèse

sortit discrètement son téléphone et envoya un message à Julie.

Un peu plus tard, alors que Céline travaillait sur des tâches administratives dans le bureau, elle entendit des éclats de rire étouffés dans la salle d'à côté. Intriguée, elle tendit l'oreille. Des chuchotements suivis de petits rires étouffés se faisaient entendre.

Dans la pièce voisine, Marie-Thérèse montrait à Julie le message que cette dernière lui avait envoyé un peu plus tôt :

— Alors, comment ça se passe avec Miss balai dans le cul ? Tu abuses de m'envoyer ça, j'ai failli partir en fou rire !

Julie, hilare, ne se retint pas :

— Franchement, t'as vu comment elle se tient ? Elle me fatigue tellement ! Toujours là à vouloir être parfaite !

Marie-Thérèse éclata de rire, baissant tout de même la voix pour ne pas être entendue :

— C'est vrai, et puis avec ses airs trop gentils, elle pense qu'elle est mieux que nous…

Pendant ce temps, Céline, ignorante de cette scène, ressentait malgré tout un malaise diffus. Comme si quelque chose planait. Elle préféra chasser cette sensation et se replonger dans son travail.

Dans la salle voisine, les moqueries continuaient.

— Elle m'exaspère avec ses petits ateliers pour les résidents le week-end ! On dirait qu'elle essaie de nous faire passer pour des incapables, lança Julie, les bras croisés, le ton moqueur.

Marie-Thérèse, un peu plus modérée, répondit tout de même :

— Oui, mais bon... Il faut reconnaître que les résidents l'aiment bien.

Julie haussa les épaules avec mépris :

— Pff... c'est juste parce qu'elle leur passe tout ! Mais un jour, ça lui retombera dessus.

La conversation se termine sur quelques dernières railleries, entre regards complices et ricanements étouffés.

CHAPITRE 10

Chaque semaine, l'atelier poterie était un moment suspendu. Loin de la structure, dans une salle baignée de lumière, les résidents laissaient libre cours à leur imagination, les mains plongées dans l'argile encore froide. Mais plus que façonner des objets, ces instants étaient surtout une parenthèse pour se livrer, et Céline était devenue leur confidente.

Ils lui parlaient de tout : leurs envies, leurs frustrations, les petits bonheurs du quotidien. Peu à peu, les barrières tombaient. Certains exprimaient leur lassitude face au manque de considération de certains éducateurs, d'autres évoquaient la froideur de Mme Marino.

— Toi, au moins, tu nous écoutes, souffla Sébastien en pétrissant une boule d'argile entre ses paumes, les gestes précis, presque rituels.

Céline l'observa du coin de l'œil, touchée par cette remarque. Sébastien était un résident singulier, diagnostiqué psychotique, avec de nombreux troubles obsessionnels. Il vivait dans un monde structuré autour de rituels fixes, de routines incontournables. Sa chambre était un sanctuaire organisé à la perfection, et surtout, personne ne devait jamais toucher à sa collection de cloches. Cent. Pas une de plus, pas une de moins. Chacune à sa place. L'idée même qu'une seule puisse disparaître ou être déplacée pouvait déclencher chez lui une crise incontrôlable.

Et pourtant, là, il parlait. Doucement. Lentement. Avec Céline. Parce qu'il lui faisait confiance.

— Oui, et puis, tu prends du temps avec nous. Tu t'occupes vraiment de nos projets, ajouta Natacha, concentrée sur une petite sculpture en forme de chat.

Céline esquissa un sourire, tout en lissant la paroi d'un vase en devenir. Elle répétait souvent les mêmes mots, toujours avec cette douceur qui la caractérisait :

— Si quelque chose ne va pas, parlez-en avec votre référent projet. Et s'il y a un souci avec un éducateur, essayez d'en discuter calmement avec lui. Le dialogue est la meilleure solution, mais je suis là pour vous écouter. Et je prends note de tout ce que vous me dites, soyez-en sûrs.

Mais cette fois, Natacha secoua la tête, visiblement agacée.

— Facile à dire… Moi, j'ai essayé. Mais certains nous parlent comme à des chiens. C'est surtout les week-ends qu'ils sont désagréables. Une fois, j'ai voulu en parler à Mme Marino, et ça a empiré. Ils m'ont dit : « Alors, t'es allée pleurer dans le bureau de la direction ? » Après ça, c'était pire…

Céline sentit un pincement au cœur. Elle resta silencieuse un instant, cherchant les mots justes. Elle voulait comprendre, démêler les ressentis de la réalité, ne pas juger trop vite. Mais la détresse de Natacha était palpable.

— Je suis désolée que tu ressentes ça… dit-elle prudemment. Je vais voir ce que je peux faire.

À ce moment-là, Sacha, qui modelait une petite figurine, leva les yeux vers elle :

— Tu sais, Lahoussine est sympa aussi. Il parle avec tout le monde, c'est pour ça que je fais du foot avec lui. Il ne crie jamais.

Céline hocha lentement la tête. Depuis le début de son poste, elle avait très peu échangé avec Lahoussine. Il restait discret et professionnel. Mais les résidents parlaient souvent de lui. Toujours positivement. Elle trouvait étrange le contraste entre les mots bienveillants des usagers et les remarques moqueuses ou désobligeantes que certains collègues formulaient à son sujet, souvent à voix basse, quand il avait le dos tourné.

Au fil des semaines, Céline commençait à repérer certains comportements. Des détails qui, mis bout à bout, formaient un tableau moins reluisant. Elle avait remarqué, notamment, que Stephen s'adressait souvent aux résidents sur un ton brusque, presque militaire, surtout lorsqu'il s'agissait de leur rappeler un oubli ou une erreur. Il haussait le ton, parfois inutilement, comme si cela était devenu une habitude banale, voire tolérée.

Mais personne ne disait rien. Pire encore, cela semblait normalisé dans l'équipe. Céline n'avait jamais osé en parler directement avec eux. Elle pensait que ce n'était pas sa place, du moins pas encore. Elle était nouvelle. Et elle voulait rester humble.

Pourtant, les récits des résidents commençaient à se multiplier. À chaque atelier, les langues se déliaient un peu plus. Un tel avait été ignoré pendant une sortie. Une autre s'était fait rabrouer pour une demande pourtant banale. Un troisième avait été ridiculisé devant ses camarades pour une question jugée « idiote ».

En quittant l'atelier ce jour-là, Céline avait le cœur lourd. Elle voyait bien que les résidents étaient différents à l'extérieur, plus détendus, plus souriants. Comme si, une fois le portail du foyer passé, ils redevenaient eux-mêmes. Libres. Délestés de quelque chose. Et ce quelque chose, elle commençait à le comprendre.

Mais elle refusait encore de tirer des conclusions hâtives. Elle voulait rester juste, observer, écouter. Elle notait dans un petit carnet les remarques des uns, les attitudes des autres, comme pour rassembler des pièces d'un puzzle complexe. Elle sentait que quelque chose ne tournait pas rond.

Et puis, il y avait ce climat étrange dans le bureau éducatif. Une impression qu'on parlait d'elle. Des conversations qui s'arrêtaient net quand elle entrait, des regards fuyants, des sourires qui sonnaient faux. Elle ne comprenait pas pourquoi. Elle se demandait si, inconsciemment, elle avait blessé quelqu'un, ou si le fait qu'elle refuse de faire certains écrits à la place de ses collègues avait créé une tension.

Mais elle aimait tellement ce qu'elle faisait. Les moments passés avec les résidents lui donnaient de l'énergie, la nourrissaient. Alors elle choisissait de rester concentrée sur ses missions. D'avancer. Et de continuer, coûte que coûte, à croire que le respect et l'écoute restaient les meilleurs outils pour accompagner.

CHAPITRE 11

Mme Marino était en pleine réflexion. Depuis l'arrivée de Céline, quelque chose l'agaçait profondément. Elle avait remarqué que les résidents venaient de moins en moins la voir dans son bureau. Autrefois, son bureau était leur principal point de contact lorsqu'ils avaient un souci, un besoin ou simplement une envie de parler. Elle avait pris l'habitude de ces visites, de ces présences qui validaient, d'une certaine manière, son rôle dans la structure.

Mais aujourd'hui, les va-et-vient se faisaient rares. Désormais, c'était du côté du bureau des éducateurs que tout se passait, et souvent lorsque Céline s'y trouvait. Ce détail, aussi anodin pouvait-il paraître, la dérangeait profondément. Il fallait se rendre à l'évidence : les résidents, naturellement, se tournaient vers elle. Et ce n'était pas uniquement pour des formalités ou des demandes. Non. Ils venaient chercher une écoute, un échange, un regard bienveillant que Céline semblait offrir sans effort, avec une aisance naturelle déconcertante.

Mais ce n'était pas tout. Ce qui piquait encore plus Mme Marino, c'était l'attention particulière que M. Tavares, le directeur du foyer, portait aux idées de la nouvelle éducatrice. Lors de la dernière réunion de projets, il l'avait même félicitée devant tout le monde. Une première ! Jamais auparavant il ne s'était montré aussi élogieux envers un membre de l'équipe en public. Mme Marino n'aurait peut-être pas pris cela autant à cœur si seulement l'idée ne venait pas directement de Céline… et si celle-ci n'avait pas été présente pour recevoir, en personne, les compliments du directeur.

C'était là, précisément, que résidait son trouble. L'aura de Céline dérangeait. Elle captait l'attention, les regards, l'estime des résidents… et désormais celle du directeur. Elle ne haussait jamais le ton, ne cherchait pas à s'imposer, mais sa seule présence semblait réorganiser l'équilibre invisible qui s'était installé dans l'établissement depuis des années.

Et cela, Mme Marino, malgré elle, ne parvenait pas à l'accepter.

Julie n'arrangeait rien. Depuis des semaines, elle insistait auprès de Mme Marino pour qu'elle la retire des mêmes horaires que Céline le week-end. « Je ne la supporte pas dans mes pattes », répétait-elle, cherchant à obtenir gain de cause. Mme Marino, qui avait toujours eu une affection particulière pour Julie, se sentait tenue de répondre à sa demande.

Puis, un événement inattendu se présenta.

Le monde entier basculait dans une crise sans précédent : le Covid frappait de plein fouet, et les résidents du foyer ne pouvaient plus aller travailler. Tout l'emploi du temps devait être réorganisé. Plus de week-ends fixes, plus de routines habituelles… Une réorganisation complète des plannings s'imposait.

Mme Marino vit immédiatement comment elle pouvait en tirer parti. Pour justifier ce remaniement, elle annonça qu'il fallait « renforcer les effectifs en semaine » et proposa aux éducateurs de se mettre en binôme selon leurs préférences. Bien entendu, elle savait déjà ce qui allait se passer : chacun allait choisir son partenaire habituel, et deux personnes allaient forcément rester sur la touche.

Et ce fut exactement ce qui arriva.

Céline et Lahoussine furent les deux seuls à ne recevoir aucune proposition de la part de leurs collègues. En apparence, Mme Marino afficha une mine désolée lorsqu'elle leur annonça la nouvelle :

— Bon... Tout le monde a constitué son binôme, il ne reste que vous deux. Vous comprendrez que je n'ai pas le choix. Vous allez travailler ensemble.

Elle prit soin de jouer la carte du regret, comme si ce n'était qu'une simple conséquence du hasard. Mais en réalité, tout s'était déroulé comme elle l'avait prévu.

Comme si la situation n'était pas déjà assez inconfortable pour Céline et Lahoussine, un nouvel élément vint se greffer à leur duo imposé. Une nouvelle collègue : Corinne.

Corinne n'était pas totalement étrangère au foyer. Elle y avait travaillé quelques années auparavant en tant qu'intérimaire. Cette fois, elle revenait en tant que monitrice éducatrice, en formation sur deux ans, avec la possibilité de signer un CDI à la fin de son cursus. Elle connaissait déjà certains résidents et quelques membres de l'équipe.

— Je suis ravie de revenir ici ! J'ai adoré bosser avec certains d'entre vous, déclara-t-elle avec enthousiasme lors de son premier jour.

Céline, bien qu'encore déstabilisée par les récents changements, accueillit Corinne avec bienveillance. Lahoussine, lui, resta en retrait, fidèle à son habitude.

Pendant ce temps, du côté de Julie et de son petit cercle, c'était l'euphorie.

— Enfin débarrassée de Mme parfaite, lança-t-elle en plaisantant devant Soraya, Stephen et Marie-Thérèse.

Mais ce qui l'amusait encore plus, c'était de voir Céline atterrir avec Lahoussine.

— Non, mais sérieux, c'est le binôme des boulets ! On parie combien qu'ils ne vont pas tenir ? L'un des deux va péter un câble et partir avant la fin du confinement !

Le groupe éclata de rire. Soraya, amusée, secoua la tête.

— Franchement, je leur donne deux semaines.

— Moi, trois maximum, ajouta Marie-Thérèse.

Julie, hilare, lança alors un message sur leur groupe WhatsApp privé.

— Les amis, préparez les popcorns, on va assister au plus grand naufrage de l'histoire du foyer.

Quelques secondes plus tard, Stephen répondit :

— Perso, je les préfère salés.

Son commentaire déclencha un flot de réactions en emojis rieurs.

Pendant que ces paris mesquins se faisaient dans son dos, Céline rentrait chez elle après cette journée chargée. Dès qu'elle poussa la porte de son appartement, elle trouva Tristan, son compagnon, assis sur le canapé, le regard perdu.

— Toujours pas de nouvelles ? demanda-t-elle en posant son sac.

Il soupira et secoua la tête.

— Non. L'entreprise est à l'arrêt, et personne ne sait combien de temps ça va durer. Si ça continue comme ça, on ne tiendra pas. J'ai peur que ma boîte coule.

Céline s'assit près de lui et posa une main douce sur la sienne.

— Vous allez vous en sortir. Il faut juste attendre et voir comment ça évolue. En attendant, on est ensemble.

Tristan ferma les yeux un instant et serra sa main. Il trouvait toujours du réconfort dans la sérénité de Céline.

Elle aurait pu lui parler de ses propres soucis au travail, de cette mise à l'écart qu'elle ressentait, de son appréhension à devoir travailler avec Lahoussine. Mais ce soir-là, elle choisit de garder le silence.

Pour une fois, c'était à elle de l'apaiser après le travail.

CHAPITRE 12

Les jours passèrent, et Céline constata avec étonnement que l'intégration de Corinne dans son binôme avec Lahoussine se faisait bien plus facilement qu'elle ne l'aurait imaginé. Contrairement à elle, Corinne semblait parfaitement à l'aise avec lui. Elle connaissait déjà son tempérament, et tous deux partageaient des valeurs communes. Là où Céline avait toujours perçu Lahoussine comme un homme réservé, presque inaccessible, elle découvrait un professionnel investi, capable d'humour et de complicité avec ceux qui gagnaient sa confiance.

À plusieurs reprises, elle surprit des éclats de rire entre lui et Corinne. Cela la perturbait presque, tant elle n'avait jamais vu Lahoussine s'ouvrir de la sorte. Il semblait être un tout autre homme en sa présence.

Un matin, alors que la pluie battait les vitres du foyer et que l'ambiance était plus calme que d'ordinaire, Lahoussine se décida enfin à parler. Sans préambule, comme s'il n'attendait que le bon moment pour briser des années de silence.

Il raconta comment, à une époque pas si lointaine, il faisait partie d'une équipe soudée, unie par des valeurs profondes et une volonté d'améliorer les conditions de vie des résidents. À cette époque, eux et quelques autres collègues refusaient de fermer les yeux sur ce qui leur semblait inacceptable : la vétusté des chambres, des décisions qui privaient les résidents de droits essentiels sous prétexte de contraintes budgétaires, et un manque criant de considération pour leur bien-être.

Face à ces injustices, ils n'étaient pas restés silencieux. Lahoussine, en tant que délégué du personnel et membre du comité d'entreprise, avait été le porte-voix de ces revendications. Ils avaient fait remonter les plaintes des résidents et de leurs familles, dénoncé les conditions de vie et alerté l'institution. Mais au lieu d'être entendus, ils s'étaient heurtés à un mur.

Il dit alors :

— Moi, j'étais délégué du personnel et membre du comité d'entreprise. J'avais un poids. Quand les résidents ou leurs parents venaient me voir pour se plaindre, je devais faire remonter leurs inquiétudes. J'avais aussi l'appui de mon équipe. On croyait sincèrement qu'on pouvait améliorer les choses.

Voyant que rien ne changeait, ils avaient décidé d'aller plus loin. Des signalements avaient été faits au Conseil Général. Et cette fois, cela avait fait bouger les choses.

L'association qui gérait l'établissement avait été contrainte d'intervenir pour améliorer les conditions dénoncées. Des travaux avaient été réalisés, selon certaines règles modifiées. Mais cela n'avait pas été sans conséquences. L'association, mise sous le feu des projecteurs malgré elle, n'avait pas apprécié ce coup de projecteur sur ses lacunes. À partir de ce moment, les membres de l'équipe de Lahoussine étaient devenus indésirables.

Petit à petit, un jeu de déstabilisation s'était mis en place.

L'ancienne cheffe de service, qui les soutenait, fut l'une des premières à en faire les frais. À la première occasion, elle fut renvoyée.

— Elle n'avait commis qu'une seule erreur : être d'accord avec nous, se lamenta Lahoussine.

Lahoussine expliqua comment cette mise au placard progressive avait été orchestrée par l'ancien directeur adjoint et l'ancienne directrice de l'établissement. Pour eux, ces employés qui remettaient en question les décisions institutionnelles étaient un problème à éliminer. Le harcèlement administratif, les reproches injustifiés, les mutations forcées… Tout avait été mis en œuvre pour les faire partir.

Par ce récit glaçant, Céline sentit un frisson lui parcourir l'échine, Corinne serra sa mâchoire et les poings.

Au fil du temps, l'équipe qu'il avait connue s'était disloquée. Certains avaient quitté l'établissement d'eux-mêmes, écœurés par cette guerre silencieuse, mais implacable. Ceux qui étaient restés avaient fini par se taire, fatigués d'être toujours en lutte.

Lui, pourtant, était resté.

— Avec 2 enfants et ma femme qui était enceinte du troisième, je ne pouvais prendre le risque de tout chambouler

— Ceux qui restent, on ne les affronte plus de face. On les isole. On les relègue dans un coin jusqu'à ce qu'ils finissent par ne plus exister aux yeux des autres.

Céline et Corinne étaient captivées par son récit. Jamais elles n'auraient imaginé une telle histoire derrière la mise à l'écart de Lahoussine. Céline comprenait mieux, maintenant. Son attitude distante, sa méfiance envers les nouvelles recrues, son silence... Tout prenait un sens. Il avait trop vu, trop combattu, trop perdu.

CHAPITRE 13

Le silence s'était installé dans la salle de pause. L'histoire de Lahoussine résonnait encore dans l'esprit de Céline et Corinne. Tout ce qu'il avait raconté sur son passé, sur la manière dont il avait été mis à l'écart, expliquait beaucoup de choses.

Corinne, les bras croisés, semblait encore en pleine réflexion. Puis, après un moment, elle brisa le silence.

— D'accord… Mais pourquoi avec l'équipe actuelle, ça ne passe pas ?

Lahoussine haussa les épaules, un rictus amer aux lèvres.

— Parce qu'ils ne font que surfer sur la réputation qu'on nous a donnée. L'étiquette d'emmerdeurs, collée par les gens d'en haut, est restée.

Céline fronça les sourcils.

— Tu veux dire que la direction actuelle te voit toujours comme une menace ?

— Pas seulement la direction. Lahoussine soupira avant de poursuivre. Même certains collègues. Pendant un temps, tout allait à peu près bien. Puis, Mme Marino a voulu que Julie prenne la responsabilité de l'accompagnement des résidents vivant dans les appartements du foyer. Sauf qu'elle l'a fait du jour au lendemain, sans en avertir l'équipe.

Céline et Corinne échangèrent un regard. Elles savaient toutes les deux que de telles décisions pouvaient avoir un impact énorme sur le travail de terrain.

— Ça a été un choc pour ma collègue qui s'occupait de l'appartement, sans prévenir on a changé ses missions et donné à Julie et son amie qui était en formation d'éducatrice spécialisée la responsabilité de l'accompagnement des résidents en appartement. Ma collègue y a vu une nouvelle tentative de déstabilisation, elle n'a pas supporté et a fini par faire un abandon de poste.

Lahoussine passa une main sur son visage, comme si cette histoire ravivait une colère qu'il tentait d'enterrer depuis longtemps.

— Vous savez ce qui a découlé de cet accompagnement ? Julie et l'éducatrice spécialisée avaient à leur charge quatre résidents vivant en appartement, dans le but de les préparer à une autonomie complète. Parmi eux, il y avait un jeune homme particulièrement débrouillard. Il était indépendant dans presque tous les aspects de sa vie, mais son gros problème, c'était l'argent. Il dépensait trop, beaucoup trop. C'était lui-même qui avait demandé un accompagnement sur la gestion de son budget. Un projet avait été mis en place, structuré, progressif, pour l'aider à mieux gérer ses finances.

Corinne hocha la tête.

— J'imagine qu'un tel projet demande un suivi précis, une vraie cohérence dans l'accompagnement.

— Exactement. Mais quand Julie a repris le dossier, nous

avons rapidement vu que ça dérapait. Avec mes autres collègues, nous avons essayé de prévenir que ça prenait une mauvaise direction. On nous a pris de haut, nous expliquant qu'on était trop anciens et qu'on prétendait tout savoir. Mme Marino a même demandé à une partie de l'équipe de ne pas interférer avec le travail de Julie et de l'éducatrice. On nous a clairement fait comprendre que ce n'était pas notre problème.

Lahoussine se tut un instant, comme s'il hésitait à aller plus loin. Puis il reprit, plus lentement.

— Au début, ça ne semblait pas dramatique. Mais nous avons commencé à remarquer un détail troublant. Ce jeune était un fan absolu du PSG. Et chaque jour, il arborait un nouveau maillot du club. Puis, petit à petit, il s'est mis à porter des tenues complètes, y compris celles d'entraînement. Deux de mes collègues ont commencé à s'inquiéter. Ils ont essayé d'alerter lors des réunions, mais la réponse était toujours la même : « C'est son argent, il fait ce qu'il veut. » On nous a même accusés de chercher à mettre en échec le projet.

Il serra les dents avant d'ajouter :

— Résultat ? En quatre mois, il avait dépensé plus de 30 000 euros. Sa banque n'arrêtait pas d'envoyer des relances. Il ne pouvait plus payer son hébergement, il était en situation de précarité totale. Et comme il n'était sous ni tutelle ni curatelle, personne ne pouvait légalement l'arrêter. Personne ne pouvait sonner l'alerte.

— Et c'est là que Mme Marino a fait appel à moi, reprit Lahoussine. Quand la situation est devenue ingérable, elle s'est soudainement souvenue que j'existais. Elle m'a demandé d'intervenir, d'essayer de le raisonner. Mais c'était trop tard. Le mal était déjà fait.

Un silence pesant s'abattit sur la pièce.

— Et après ça ? demanda Céline.

— Il a finalement accepté d'être mis sous curatelle, l'éducatrice qui travaillait avec Julie n'est pas restée après sa formation. Non pas à cause de cette histoire, mais parce qu'elle habitait trop loin. Sauf que Julie, elle, ne l'a pas vu comme ça. Dans sa tête, c'était encore notre faute. Pour elle, on avait fait partir son amie. Et, comme pour enfoncer le clou, elle a même associé ce départ à celui de notre ancienne cheffe de service en nous rendant responsables de leur départ.

— C'est là que la rumeur a commencé à se propager

— Petit à petit, elle a répété que nous faisions partir les gens, qu'on créait un environnement toxique. Et comme tout le monde savait que nous avions été en conflit avec l'ancienne direction, ça a pris. Nous étions déjà isolés, cette rumeur n'a fait que nous enfoncer un peu plus.

Elles réalisaient que ce qui paraissait être une simple mise à l'écart était en réalité un mécanisme bien plus profond, ancré depuis des années. Un véritable jeu d'influence, où la réputation et les rumeurs suffisaient à détruire des carrières.

Lahoussine haussa les épaules et conclut :

— Voilà pourquoi je ne cherche plus à faire remonter les

choses. Je sais comment ça se termine.

Ce soir-là, en rentrant chez elle, Céline retrouva Tristan dans leur salon. Il était assis sur le canapé, l'air enfin soulagé.

— Alors ? demanda-t-elle en posant ses affaires.

— Ils lèvent les restrictions. C'était juste… Encore quelques semaines et la boîte coulait. J'espère qu'on ne revivra plus jamais ça.

Céline s'approcha et s'assit à côté de lui. Il posa sa tête contre son épaule, épuisé, mais soulagé.

CHAPITRE 14

Les semaines avaient passé, et pour la première fois depuis longtemps, Céline ressentait un véritable équilibre dans sa vie. Tristan avait enfin repris le travail, et même si l'incertitude de l'épidémie restait en toile de fond, elle avait appris à composer avec cette réalité.

Au foyer, tout semblait avoir trouvé une certaine harmonie. Travailler avec Lahoussine et Corinne était une expérience enrichissante. Ce binôme imposé par les circonstances était finalement devenu une force. Ils avaient su créer quelque chose de solide, non seulement entre eux, mais aussi avec les résidents. Ceux-ci avaient accueilli avec enthousiasme toutes les activités qu'ils avaient mises en place, et Céline avait enfin l'impression d'avoir trouvé sa place.

Elle n'était plus seule. Désormais, elle avait des collègues sur qui elle pouvait compter, avec qui elle pouvait partager ses doutes, ses réussites et même ses moments de fatigue.

La première réunion d'équipe depuis la fin du confinement se tenait ce matin-là, rassemblant tout le personnel éducatif. Pour beaucoup, c'était la première fois depuis des semaines qu'ils se retrouvaient tous ensemble.

M. Tavares, le directeur du foyer, ouvrit la séance en félicitant l'ensemble de l'équipe :

— Je voulais vous remercier pour votre engagement

durant cette période difficile. Vous avez fait preuve d'une solidarité exemplaire et avez su maintenir une dynamique auprès des résidents, malgré les contraintes sanitaires.

Il marqua une pause, son regard balayant la salle.

— Heureusement, nous n'avons eu aucun cas positif parmi les résidents, mais ce n'est pas une raison pour relâcher notre vigilance. Il faut rester prudents et continuer à appliquer les gestes barrières.

Céline écoutait attentivement, notant que l'ambiance générale était plus détendue que d'habitude. L'épreuve du confinement avait resserré certains liens, laissant en pause les différends des uns et des autres.

M. Tavares poursuivit avec une annonce qui suscita quelques murmures :

— Afin de favoriser les échanges et d'améliorer le travail en équipe, nous allons mettre en place des groupes d'analyse de pratique une fois par mois. L'objectif est de libérer la communication et d'encourager la cohésion entre nous tous.

Céline trouva l'initiative intéressante, bien qu'elle doutât que tout le monde joue le jeu.

Puis vint le tour de Mme Marino de prendre la parole. Elle remercie aussi son équipe pour les efforts fournis. Mais c'est ce qu'elle annonça ensuite qui retint toute l'attention de Céline et Lahoussine.

— Les binômes que nous avons constitués durant cette période vont rester tels quels. Les résidents ont trouvé un équilibre, et nous ne voulons pas les perturber avec de nouveaux changements.

Instantanément, Céline et Lahoussine se tournèrent l'un vers l'autre. Sous leurs masques FFP2, ils échangèrent un regard complice, leurs yeux souriant malgré le tissu qui dissimulait le reste de leur visage.

À quelques sièges de là, Julie assistait à la scène. Son pied s'agitait nerveusement sous la table, signe de sa frustration grandissante. Elle venait de comprendre que son pari était perdu.

D'un coup d'œil furtif, elle balaya la salle, cherchant ses alliés du regard : Soraya, Stephen, Marie-Thérèse… Mais aucun d'eux ne semblait avoir remarqué cette complicité nouvelle entre Céline et Lahoussine.

Ce détail aurait pu sembler anodin à n'importe qui d'autre. Mais pour Julie, c'était une défaite cuisante. Elle s'était convaincue que leur binôme ne tiendrait pas, qu'ils finiraient par craquer sous la pression. Au lieu de cela, ils étaient devenus un véritable trio, apprécié des résidents et désormais officiellement maintenu.

Toute la journée, Julie parut perturbée. Même ses amis ne comprenaient pas ce qui lui arrivait. Certains allaient même jusqu'à se demander si elle n'avait pas attrapé le Covid.

Mais la frustration de Julie n'était rien comparée à ce qui se tramait dans les couloirs du foyer.

La nouvelle s'était rapidement propagée parmi les résidents : beaucoup avaient apprécié ce mois avec

Lahoussine, Corinne et Céline. Ils en parlaient entre eux, s'enthousiasmant du maintien du trio.

Ce soir-là, après le dîner, un petit groupe d'éducateurs se retrouva dans le salon du personnel pour discuter : Marie-Thérèse, Stephen, Julie et Soraya. La discussion était animée, mais Julie participait à peine, toujours perdue dans ses pensées, exaspérée par cette complicité qui était née entre ses trois collègues.

C'est alors que Dominique, une résidente, connue pour son franc-parler et son goût pour la provocation, s'approcha et s'assit à côté d'eux.

Sans les regarder directement, elle fit mine de s'adresser à un autre résident, occupé à feuilleter un magazine.

— Moi, en tout cas, je sais maintenant quels week-ends je vais rester ici.

Puis, d'un geste nonchalant, elle posa son regard sur le calendrier affiché au mur.

Stephen releva immédiatement la tête, son expression passant de l'indifférence à l'agacement.

— Si t'as un truc à dire, dis-le franchement. Sinon, on n'est pas obligés de tendre l'oreille à tes sous-entendus.

La résidente haussa les sourcils, feignant la surprise.

— Je parlais de mes vacances, répondit-elle, d'un ton faussement innocent.

Le groupe se crispa légèrement. Marie-Thérèse posa une main sur l'épaule de Stephen.

— Laisse tomber, ça ne sert à rien.

Soraya enchaîna d'un ton plus détaché :

— Allez, madame, circulez, on est entre collègues ici.

L'ambiance était lourde. Stephen, encore remonté, ne put s'empêcher de lâcher :

— Elle aime trop parler, celle-là.

Julie, elle, n'avait pas dit un mot, n'ayant en tête que le rapprochement de Céline et Lahoussine.

Et cela, Julie ne pouvait tout simplement pas le supporter.

CHAPITRE 15

La journée au foyer avait été longue, mais Céline se sentait plus légère qu'avant. Elle savait qu'elle pouvait enfin compter sur des collègues en qui elle pourrait avoir confiance. Alors qu'elle franchissait la porte d'entrée pour quitter le bâtiment, elle s'arrêta net en apercevant Tristan, debout juste devant le portail.

Un sourire éclatant illuminait son visage, et dans son dos, il tenait un bouquet de fleurs.

Pas n'importe quelles fleurs.

Des camélias blancs.

Les préférés de Céline.

Son cœur se serra d'émotion en réalisant la délicatesse du geste. Elle n'aurait jamais imaginé qu'après des semaines d'incertitude et de stress, Tristan prenne le temps d'organiser une surprise.

— Tristan... Qu'est-ce que tu fais là ? demanda-t-elle, un brin émue.

Il sortit le bouquet de derrière son dos et le lui tendit avec un sourire tendre.

— J'avais envie de te faire plaisir.

Elle prit les fleurs en effleurant ses doigts, sentant son cœur battre plus fort.

— Elles sont magnifiques…

— Pas autant que toi, ajouta-t-il doucement.

Elle rougit légèrement, touchée par ses mots.

— Et ce n'est pas tout. J'ai prévu quelque chose de spécial pour nous ce soir. Suis-moi.

Intriguée, Céline se laissa guider jusqu'à sa voiture.

— Mais… où on va ? demanda-t-elle, curieuse.

Tristan garda le mystère, se contentant de sourire.

— Tu verras bien.

Un dîner sous les étoiles

Lorsqu'ils arrivèrent devant l'entreprise de Tristan, Céline fronça les sourcils.

— Pourquoi on est ici ?

— Parce que c'est ici que j'ai pu préparer tout ça.

Il lui ouvrit la porte et l'invita à le suivre à l'intérieur.

Lorsqu'elle entra dans la salle qu'il avait aménagée, un souffle de surprise lui échappa.

Une grande table recouverte d'une nappe blanche, des chandelles allumées qui projetaient une lumière douce, quelques pétales de rose dispersés sur la surface… L'ambiance était intime, chaleureuse, empreinte d'un romantisme qui lui coupa le souffle.

— Tristan… C'est toi qui as fait tout ça ?

— Je voulais te remercier pour tout ce que tu as fait pour moi ces derniers mois.

Il la regarda avec une sincérité qui la bouleversa.

— Tu as été mon pilier pendant cette période compliquée. Et je sais que parfois, j'ai été stressé, tendu, peut-être même un peu désagréable. Je m'en veux. Alors ce soir, je voulais juste te montrer à quel point tu comptes pour moi.

Céline sentit son cœur se serrer d'émotion. Elle posa une main sur la joue de Tristan et lui sourit tendrement.

— Tu n'avais pas besoin de faire tout ça. C'est normal, dans un couple, de se soutenir. Je t'aime, Tristan, et tout ce que je veux, c'est ton bonheur.

Il déposa un baiser sur sa main avant de l'inviter à s'asseoir.

— Et ce n'est pas fini. Devine ce qu'on mange ce soir ?

Elle haussa un sourcil, amusée.

— Dis-moi.

Il souleva délicatement le couvercle d'un plat posé sur la table, révélant une assiette fumante de tagliatelles au saumon.

— Ton plat préféré.

Elle éclata de rire, ravie et touchée par cette attention.

— Tu es incroyable.

— J'ai eu de l'aide. Un ami traiteur s'est occupé du repas, avoua-t-il avec un clin d'œil.

Ils trinquèrent au champagne, savourant ce moment hors du temps.

Des projets pour l'avenir

La soirée se déroula dans une bulle de complicité et de tendresse. Ils rirent, évoquèrent des souvenirs, oubliant un instant toutes les tensions des derniers mois.

Et puis, au fil de la conversation, des sujets qu'ils n'avaient plus abordés depuis longtemps refirent surface.

— Tu sais, dit Tristan en jouant distraitement avec sa coupe de champagne, on a tellement été pris par le quotidien qu'on a mis de côté certaines discussions importantes.

Céline hocha la tête.

— Comme notre mariage.

Il lui prit la main, caressant doucement sa peau du bout des doigts.

Elle rit doucement.

— On dirait qu'on revient quelques années en arrière, quand on imaginait notre avenir ensemble.

— Et si on recommençait à y penser sérieusement ?

Elle plongea son regard dans le sien, et à cet instant précis, elle sut qu'ils étaient enfin prêts à reprendre ces rêves là où ils les avaient laissés.

Ils passèrent toute la nuit dans le bureau de Tristan, profitant de chaque seconde de cette parenthèse enchantée. Ce vendredi-là, ils s'étaient retrouvés, pleinement, sincèrement.

Et au petit matin, alors qu'ils quittaient enfin l'entreprise main dans la main, Céline savait que cette nuit resterait gravée dans leur mémoire.

CHAPITRE 16

Le lendemain de leur dîner romantique, Céline et Tristan passèrent la journée à récupérer de leur soirée. Allongés sur le canapé du salon, ils étaient plongés dans un nouvel épisode de leur série préférée. La fatigue des émotions de la veille les engourdissait doucement, et l'après-midi s'écoulait paisiblement, dans un cocon de tendresse et de sérénité.

Soudain, le téléphone de Céline vibra sur la table basse.

Elle fronça les sourcils en voyant un numéro inconnu s'afficher à l'écran. Un instant, elle hésita à décrocher, puis se ravisa. Ne voulant pas déranger Tristan, elle se leva et s'éloigna un peu avant de répondre.

— Allô ?

Une voix enjouée résonna immédiatement à son oreille :

— Céline ! C'est Corinne !

Surprise, Céline eut un instant de flottement avant de sourire.

— Corinne ? Je ne reconnaissais pas ton numéro !

— Désolée, j'appelle d'un autre téléphone. Je voulais avoir de tes nouvelles ! J'ai raté la réunion à cause de ma formation, alors je voulais savoir ce qu'il s'était dit.

Céline sentit son cœur se réchauffer. C'était la première fois qu'une collègue prenait la peine de l'appeler en dehors du travail.

— Tu ne devineras jamais ! annonça-t-elle, excitée. Notre trinôme avec Lahoussine est maintenu, même après la crise sanitaire !

Un cri de joie explosa dans le téléphone.

— YES !! S'écria Corinne.

Céline éclata de rire devant son enthousiasme.

— Je suis trop contente ! poursuivit Corinne. On forme une bonne équipe, c'est une super nouvelle !

— Moi aussi, je suis ravie. Mais là, j'étais en train de regarder une série avec Tristan. Je peux te rappeler tout à l'heure ?

— Bien sûr, profite de ton après-midi !

Céline raccrocha, le sourire toujours accroché à ses lèvres. En revenant s'allonger près de Tristan, il tourna légèrement la tête vers elle.

— Alors qu'est-ce qui se passe ? demanda-t-il en l'observant d'un regard doux.

Elle hocha la tête, le cœur léger.

— Oui, tout va bien.

Pour la première fois depuis longtemps, elle le pensait sincèrement.

En fin d'après-midi, alors que Tristan enfilait sa tenue de sport pour aller courir, Céline profita de ce moment pour rappeler Corinne. Elle s'installa confortablement sur le canapé, le téléphone contre l'oreille.

— Céline ! J'espérais que tu rappellerais vite ! lança Corinne avec son énergie habituelle.

— Je t'avais promis, non ? répondit Céline en riant.

Les premières minutes de leur conversation furent légères. Elles parlèrent de tout et de rien, apprenant à mieux se connaître en dehors du travail. Céline était heureuse d'avoir enfin quelqu'un avec qui elle pouvait être elle-même.

Mais rapidement, la discussion prit un tournant plus sérieux.

Céline sentit que c'était le moment. Elle avait besoin de parler, de partager ce qu'elle gardait pour elle depuis trop longtemps.

— Tu sais, Corinne... Je crois que je suis enfin soulagée d'avoir des collègues en qui je peux avoir confiance.

— Tu as eu de mauvaises expériences avec l'équipe avant ? demanda Corinne, intriguée.

Céline hésita un instant, puis se lança.

— Il y a quelque chose qui me trotte dans la tête depuis un moment. Une situation étrange que j'ai vécue.

— Raconte-moi.

Prenant une inspiration, Céline plongea dans ses souvenirs.

— Un jour, alors que je travaillais un week-end, je préparais la salle d'activités. J'ai vu une résidente faire le tour du foyer par l'arrière, un chemin que personne n'emprunte d'habitude. Elle portait deux grands sacs de courses, ce qui, en soi, n'avait rien d'anormal. Mais au lieu de rentrer, elle a pris la direction du parking... là où se trouvent les voitures des éducateurs.

Corinne ne dit rien, attentive.

— J'ai trouvé ça étrange, alors j'ai continué à observer. Et là, j'ai vu cette résidente ouvrir le coffre d'une éducatrice et y déposer les sacs de courses. Une trentaine de secondes plus tard, l'éducatrice est arrivée et a garé un véhicule du foyer juste à côté.

— Non... C'est chaud, lâcha Corinne, abasourdie.

— Attends, ce n'est pas fini, continua Céline. Un autre jour, je devais récupérer une résidente à la gare. En vérifiant le carnet de bord du véhicule que je devais utiliser, j'ai remarqué un écart de 60 kilomètres sur le compteur. Rien n'avait été noté, aucune sortie officielle n'avait été prévue.

Un silence s'installa. Puis Corinne reprit, plus posée.

— Et c'est depuis ce jour-là que tu notes les kilomètres chaque fois que tu prends une voiture ?

— Oui, confirma Céline. Et quand je la rends aussi.

— Je m'en doutais, dit Corinne. J'ai remarqué que tu le faisais systématiquement, et j'ai fini par faire pareil. Maintenant, je comprends pourquoi.

Céline passa une main dans ses cheveux, pensive.

— Tu crois que c'est pour ça que l'équipe a changé d'attitude envers moi ? Depuis, j'ai l'impression qu'ils évitent de prendre le même véhicule que moi, qu'ils s'arrêtent de parler quand j'entre dans une pièce.

Corinne ne mit pas longtemps à répondre.

— Ne cherche pas, c'est ça. Ils doivent flipper que tu remarques quelque chose.

— C'est insensé... Je n'ai jamais rien dit à personne.

— Tu n'avais pas besoin de parler, Céline. Parfois, juste observer, ça suffit à déranger.

Elles continuèrent de discuter jusqu'à ce que Tristan revienne de son jogging. En entrant, il trouva Céline au téléphone, concentrée, la voix de Corinne résonnant faiblement dans la pièce.

Il s'arrêta un instant sur le pas de la porte, intrigué. Quelque chose dans l'attitude de Céline, plus calme qu'à l'accoutumée, attira son attention.

Mais derrière ces éclats de rire, quelque chose avait changé.

Céline réalisait qu'elle n'était pas seulement isolée... Elle était surveillée.

Et elle savait désormais qu'elle pouvait compter sur Corinne.

CHAPITRE 17

Le jour de la première réunion consacrée au Groupe d'analyse des pratiques professionnelles était enfin arrivé. Céline avait espéré que ce moment permettrait d'ouvrir le dialogue et d'apaiser certaines tensions dans l'équipe, mais très vite, elle comprit que cette réunion ne ferait que confirmer ce qu'elle redoutait déjà : une scission grandissante.

Dès le début, Stephen prit la parole, d'un ton sec et accusateur. Il s'adressa directement à l'accompagnatrice responsable du groupe, cherchant une validation extérieure à son ressenti. Il voulait savoir si elle trouvait normal qu'un professionnel refuse de dire bonjour à certains de ses collègues.

L'accompagnatrice, d'un ton calme, mais ferme, répondit que cela n'était pas une attitude acceptable sur un lieu de travail.

Lahoussine, qui avait bien compris qu'il était la cible de cette remarque, ne se laissa pas démonter. Il prit la parole à son tour, affirmant que, dans une telle situation, la responsabilité devait être partagée. Il ajouta que certains comportements inappropriés, parfois même insupportables, pouvaient mener à ce genre de blocage. L'accompagnatrice lui demanda alors s'il avait des exemples concrets pouvant justifier une telle réaction.

Sans hésiter, il expliqua qu'un professionnel ne pouvait

pas exiger le respect s'il ne le montrait pas lui-même. Il évoqua une scène qui l'avait particulièrement marquée : un jour, un éducateur avait demandé à un résident d'aller chercher son chargeur de téléphone dans sa voiture. Le problème ? Il faisait froid, et le résident n'avait qu'un simple t-shirt, tandis que l'éducateur était bien au chaud à l'intérieur. Lahoussine avait bouilli intérieurement en voyant cela, mais il n'avait rien dit. À l'époque, il savait que sa position au sein de l'équipe ne lui permettait pas d'intervenir sans risquer de créer un conflit.

Et ce n'était pas un cas isolé.

Il continua en racontant une autre situation qui l'avait interpellé : un jour, alors qu'il se trouvait dans le bureau des professionnels, une résidente était entrée sans frapper. En lui demandant ce qu'elle voulait, elle lui avait répondu qu'un éducateur l'avait envoyée chercher son sac à dos. Pourtant, ils avaient récemment discuté en équipe du fait que certains résidents avaient pris l'habitude d'entrer dans les bureaux sans autorisation, et parfois même lorsqu'il n'y avait personne. Cette question avait été abordée en réunion avec les résidents eux-mêmes, et des règles avaient été établies.

Lahoussine s'exclama :

— Alors, pourquoi certains éducateurs ne respectent-ils pas les décisions d'équipe ?

— Pourquoi un simple bonjour devient-il un problème, alors qu'ils sont incapables d'appliquer les bases du respect dans leur propre accompagnement auprès des résidents ?

L'atmosphère devint lourde. Stephen, qui n'avait jamais supporté que Lahoussine remette en cause son comportement ou celui de ses proches, serra les poings. Il marmonnait entre ses dents, proférant des menaces à peine audibles. Julie et Fatoumata, assises à ses côtés, tentèrent de le calmer. Elles lui glissèrent quelques mots à l'oreille, lui conseillant de ne pas réagir sous le coup de la colère. Elles savaient que s'il venait à s'énerver ouvertement, ce serait lui qui serait mal vu, et non Lahoussine.

Mais la tension continuait de monter.

C'est alors qu'une vacataire, habituée à venir en renfort pour des remplacements, prit la parole. Elle choisit d'aller dans le sens de Stephen. Elle expliqua qu'elle-même n'avait jamais vraiment ressenti d'interactions avec certains membres de l'équipe. Elle avait perçu une certaine froideur, voire un rejet, ce qui lui donnait parfois l'impression de ne pas être acceptée.

Puis, elle ajouta une phrase qui mit encore plus le feu aux poudres. Elle déclara que rester plus de vingt ans dans une même structure pouvait rendre les professionnels aigris, cette phrase visait particulièrement Lahoussine.

Stephen, sentant qu'il avait du soutien, surenchérit aussitôt. Il déclara que certains se croyaient tout permis, pensaient tout savoir et n'étaient que des hypocrites. Il alla même jusqu'à affirmer que les résidents dont s'occupaient certains collègues étaient les plus sales de l'établissement.

Lahoussine ne laissa pas passer cette remarque. Il répondit immédiatement, en insistant sur un point fondamental : les résidents n'étaient la propriété de personne. Peu importe qui était leur référent, une problématique ne concerne jamais un seul éducateur, mais toute l'équipe. L'accompagnement d'un résident devait être une responsabilité collective, et non un fardeau à rejeter sur les autres.

Les mots claquaient dans la salle, chacun prenant position, les regards s'échangent avec tension. L'accompagnatrice, comprenant que la discussion risquait de dégénérer, intervint rapidement. Elle demanda à ce que tout le monde prenne l'air un instant, car il était devenu évident que le dialogue n'était plus possible dans ces conditions.

Après une pause nécessaire, une fois les esprits légèrement apaisés, ils revinrent s'asseoir. L'accompagnatrice tenta difficilement de détendre l'atmosphère en lançant quelques blagues en vain.

Julie profita de cette ouverture pour s'exprimer. Elle affirma que tout allait « à peu près bien », mais ajouta que depuis un an, les choses avaient changé.

En disant cela, elle ne put s'empêcher de jeter un regard en direction de Céline. Puis, lentement, elle tourna la tête vers son cercle habituel, cherchant une confirmation silencieuse de ses propos.

L'accompagnatrice observa cet échange, et sa conclusion tomba rapidement :

— être le plus ancien ou le plus diplômé ne justifie pas un manque de respect envers ses collègues !

Elle insista sur le fait que le respect était la clé de toute cohésion d'équipe, et que cela commençait simplement par un bonjour.

Une partie de l'équipe approuva, félicitant même l'accompagnatrice pour sa conclusion.

Après cette nouvelle pique de Stephen, l'atmosphère était lourde. Fidèle à son habitude, Lahoussine décida de briser la tension. Il s'approcha de Céline et Corinne, prêt à lancer une de ses blagues qui, espérait-il, leur changerait les idées.

Il leur dit :

— Son attitude à lui est insupportable ! Il ne travaille que pour les grandes gens, franchement il a mal choisi son job. En tout cas, il porte bien son nom.

Céline et Corinne

— Pourquoi dis-tu ça ?

Lahoussine

— Vous n'avez pas la réf ?

Céline et Corinne

— Non…

Lahoussine

— Le film Django !

Un temps de flottement.

Corinne

— Ah… je n'y avais jamais pensé !

— En voyant Céline, perdue, qui ne connaît pas la

référence parce qu'elle ne regarde que des films français.

Lahoussine riant aux larmes et Corinne tremblante de rire

— J'en peux plus, j'en pleure ! Céline, tu es unique…

Ils pouvaient enfin décompresser, mais…

Cette réunion n'avait fait que mettre en lumière ce qu'elle savait déjà : que son rapprochement avec Corinne, mais surtout Lahoussine creuserait inexorablement un fossé entre elle et le reste de l'équipe !

Et elle savait que ce n'était que le début.

CHAPITRE 18

Céline était chargée de coordonner les projets personnalisés des résidents, une mission cruciale qui, au fil du temps, était devenue de plus en plus ardue. Au départ, les difficultés provenaient principalement de lacunes dans les transmissions écrites : les retours de ses collègues manquaient de clarté et de précision, rendant son travail de suivi complexe. Mais récemment, la situation avait pris une tournure plus préoccupante. Certains membres de l'équipe semblaient désormais omettre délibérément des informations essentielles, comme s'ils cherchaient à la mettre en difficulté. Cette attitude semblait motivée par l'émergence d'un nouveau trinôme dynamique, perçu comme une menace à l'équilibre de leurs statuts au sein de l'établissement.

Elle devait superviser le projet de Laura, une jeune fille pétillante, arrivée au foyer depuis deux ans après avoir quitté l'Institut Médico Educatif. Laura était une adolescente pleine de potentiel qui ne demandait qu'à être guidée. Son projet avait pour but de promouvoir son autonomie, de l'aider à tracer un chemin vers l'indépendance.

Le jour de la réunion préparatoire où les professionnels faisaient un bilan du résident en amont de son projet pour la partie de l'établissement, lorsque vient alors son tour, Soraya lâcha d'un ton désinvolte :

— C'est bon, j'ai essayé de faire son projet, mais Laura ne voulait pas. Elle m'esquive tout le temps, donc j'ai laissé tomber.

Céline resta figée. Elle dit alors que Laura n'avait jamais vraiment montré de réticence à discuter de son avenir. Bien au contraire, elle aimait échanger avec les éducateurs et avait souvent manifesté son enthousiasme à l'idée de progresser.

Soraya lui rappela qu'elle était référente de plusieurs résidents, qu'elle n'allait pas s'amuser à leur courir après.

Mme Marino intervint rapidement, comme pour balayer la remarque de Soraya :

— Ce n'est pas grave. On va quand même faire son projet, sinon ça va me mettre en retard sur mon planning.

Céline sentit une colère froide monter en elle. Comment pouvait-on élaborer un projet de vie pour une personne sans qu'elle y participe ? L'éthique et le professionnalisme étaient bafoués. Elle se tourna vers Mme Marino et Soraya, son ton calme, mais ferme :

— Ça ne serait peut-être pas très éthique, ni même professionnel, de poursuivre un projet sans une réelle implication de la principale intéressée.

Mme Marino se renfrogna, visiblement agacée par cette remarque qu'elle trouvait déplacée. Quant à Soraya, elle esquissa un sourire narquois avant de murmurer à voix basse, à l'attention de Mme Marino.

Mme Marino décida de ne pas reporter la réunion, elle

précisa qu'il fallait parfois pousser les résidents sinon ils ne faisaient rien, qu'il fallait aussi prendre en compte la difficulté que pouvait parfois rencontrer les éducateurs, Céline interloquée par cette réponse, décida cette fois-ci de ne pas en rester là.

Le soir même, elle alla voir Laura dans sa chambre. En l'apercevant, la jeune fille afficha un large sourire.

— Dites-moi, Laura, à propos de votre projet…

Elle s'anima immédiatement :

— Ah oui ! Moi, je veux évoluer et faire un stage en appartement !

Aucune hésitation, aucun malaise. Laura parlait avec enthousiasme de son projet, preuve qu'elle ne le rejetait pas. Céline fronça les sourcils.

— Pourquoi n'en avez-vous pas parlé à votre référente projet ?

Le sourire de Laura s'effaça légèrement, et elle haussa les épaules.

— Parce qu'elle ne s'occupe jamais de moi. Elle est toujours avec Angèle, elles font du shopping ensemble tous les soirs. Et quand elle vient me voir pour mon projet, c'est toujours au dernier moment ! L'autre jour, elle est venue me chercher alors que j'étais à table avec mon copain et elle m'a dit : « Allez, on doit faire ton projet, viens ! » Moi, je ne veux pas qu'on me traite comme ça.

Laura marqua une pause, puis ajouta d'un ton déterminé :

— Je veux changer de référente. Avec Soraya, je n'avance pas.

Céline sentit un mélange d'indignation et de tristesse. Elle comprenait parfaitement ce que ressentait Laura. Ce n'était pas juste une question d'organisation, c'était une question de respect et d'écoute.

Le lendemain, elle aborda le sujet avec Lahoussine et Corinne. Celui-ci, en entendant le récit de Céline, secoua la tête avec exaspération :

— C'est dingue ! Je l'ai effectivement entendue hier, en pleine salle à manger, dire à Laura : « C'est bon, là, on fait ton projet. » Comme si les résidents devaient être à leur disposition, sans tenir compte de leur emploi du temps ou de leurs envies.

Il marqua une pause avant d'ajouter avec ironie :

— On dirait que certains éducateurs oublient que ce sont des êtres humains, et non des marionnettes qu'on active à notre convenance. De toute façon, Mme Marino prendra toujours leur défense, combien de fois j'ai été la voir pour lui faire remonter des choses anormales, bref j'ai vite compris que c'était inutile.

Céline apprécia cette complicité avec Lahoussine. Il comprenait ce qu'elle ressentait et partageait son souci du respect des résidents. Mais elle savait que faire bouger les choses ne serait pas facile.

Elle était prête à se battre pour que les résidents trouvent leur place et soient enfin écoutés, mais elle ne s'attendait pas à voir ces premières injustices se produire au sein même de leur lieu de vie. Désormais, elle se promettait de rester un rempart indéfectible, prête à intervenir contre toute maltraitance ou injustice qu'ils pourraient subir.

CHAPITRE 19

Julie observait les tensions dans l'équipe avec une satisfaction grandissante. Les dissensions, les malaises, les regards fuyants... Tout cela formait un terrain idéal pour son objectif : faire porter la responsabilité de cette fracture à Céline, qu'elle considérait désormais comme une rivale, non pas pour ses erreurs, mais précisément parce qu'elle faisait trop bien son travail. Une efficacité qui, au lieu d'être saluée, devenait source de tensions et attisait une jalousie de plus en plus palpable.

Depuis des semaines, elle menait en sous-main une véritable campagne contre elle. Par des insinuations, des sous-entendus savamment distillés dans les conversations informelles, elle orientait les esprits contre la jeune femme. Il ne s'agissait jamais d'accusations directes, mais de simples remarques, glissées l'air de rien. Peu à peu, elle voyait germer les graines qu'elle avait semées. Certains collègues qui, autrefois, se montraient indifférents envers Céline, commençaient à changer d'attitude. Des silences pesants s'installaient dans les discussions lorsqu'elle entrait dans une pièce.

Un après-midi, alors que Julie se trouvait dans le bureau en compagnie de Fatoumata, Soraya et Marie-Thérèse, Mme Marino entra à la recherche d'informations sur le dossier d'un résident. C'était l'occasion parfaite.

Avec une fausse innocence, Julie lança une remarque en direction de Mme Marino. Elle expliqua que Soraya lui avait raconté la préréunion de projet qui s'était tenue entre Céline et la psychologue. Elle laissa alors échapper son indignation face à ce qu'elle décrivit comme une tentative de Céline de s'opposer au déroulement d'une réunion de projet. Elle insista sur le fait qu'il était inacceptable qu'un professionnel se positionne ainsi, tentant de semer le doute sur les intentions de Céline.

Puis, elle joua sur les émotions de Mme Marino, lui rappelant subtilement que c'était elle, la cheffe de service, et qu'il arrivait parfois que certains employés se trompent sur leurs fonctions au sein de l'établissement. Un tacle à peine masqué, une attaque déguisée sous des airs de loyauté et de respect pour la hiérarchie.

Julie savait parfaitement ce qu'elle faisait.

Elle ne supportait pas Céline.

Tout en elle l'irritait.

Son apparence d'abord. Céline était blonde, élégante, issue d'un milieu aisé, ce qui transparaissait dans sa manière de s'habiller. Elle portait des vêtements de marque, parlait avec une aisance qui trahissait une éducation privilégiée. Tout ce que Julie n'avait jamais eu.

Mais plus que cela, Céline était appréciée.

Dès son arrivée, elle avait su conquérir les résidents, qui voyaient en elle une interlocutrice attentive et bienveillante. Contrairement à Julie, qui avait toujours cherché à s'imposer auprès d'eux, Céline n'avait jamais eu besoin d'efforts pour se faire accepter. Même auprès des familles et des amis des résidents, elle faisait l'unanimité.

C'était comme si elle avait toujours fait partie de l'établissement, comme si son intégration avait été immédiate et naturelle.

Julie ressentait cette présence comme une menace.

Elle qui avait toujours cherché à se distinguer dans l'équipe, qui aspirait à être éducatrice spécialisée, mais avait échoué par deux fois au concours d'entrée, voyait en Céline tout ce qu'elle détestait : une femme jeune, sans expérience, qui pourtant réussissait à mettre en place des projets concrets et efficaces. Chaque réussite de Céline lui renvoyait son propre échec en pleine figure.

Et il y avait encore pire.

Céline avait une vie personnelle épanouie.

Elle était sur le point de se fiancer, alors que Julie n'avait connu que des déceptions amoureuses. Elle parlait de son couple avec une sérénité que Julie ne comprenait pas.

Mais ce qui la faisait bouillir, c'était l'évolution de la relation entre Céline, Corinne et Lahoussine.

Lahoussine, cet homme qui n'avait plus donné sa confiance à personne depuis la destruction de son ancienne équipe par la précédente direction et les hauts responsables de l'association, s'était ouvert à Céline. Elle avait réussi à fendre son armure, à recréer une dynamique avec lui et Corinne. Leur trinôme fonctionnait si bien qu'il était devenu le plus apprécié des résidents. Lorsque Céline, Corinne et Lahoussine étaient de week-end, on pouvait sentir l'émulation qu'ils avaient su créer, l'énergie qu'ils apportaient au foyer.

Julie ne supportait pas cette image d'unité et de complicité qui lui échappait.

Mais elle savait qu'elle n'était pas seule.

Un lundi matin, un courrier officiel fut envoyé à toute l'équipe et mis en copie à la direction. L'agent d'entretien de l'établissement s'y plaignait du manque de respect de certains salariés envers son travail.

Dans sa lettre, il expliquait avoir retrouvé le barbecue, normalement rangé dans le garage, laissé dehors après le week-end. Il dénonçait un manque de discipline et de considération, insinuant que certains employés ne respectaient pas les règles établies.

Ce courrier était loin d'être anodin.

L'agent d'entretien savait très bien que c'était le week-end de Corinne, Lahoussine et Céline.

Lahoussine ne mit pas longtemps à réagir. Il décida de répondre par écrit, de manière détaillée et argumentée.

D'abord, il expliqua que durant l'été, le barbecue était volontairement laissé dehors, mais dans un endroit qui ne gênait ni le passage ni l'accès à une porte. Il précisa que certaines décisions pouvaient sembler insignifiantes, mais qu'elles étaient en réalité travaillées en amont.

Ce simple barbecue faisait partie d'une approche pédagogique. Comme le seau de sel et la pelle en hiver, il servait à aider certains résidents à se repérer dans le temps et les saisons.

Mais Lahoussine ne s'arrêta pas là.

Il profita de cette occasion pour rappeler certains manquements de l'agent d'entretien qui, jusque-là, n'avaient jamais fait l'objet d'un courrier officiel.

Il évoqua un incident précis : lors d'une sortie, il avait pris un véhicule dans lequel il manquait un rétroviseur, alors que ce problème avait été signalé plusieurs fois. Il rappela également que certains véhicules étaient dégradés, avec des sièges cassés et des ceintures de sécurité arrachées, sans que cela donne lieu à la moindre alerte écrite.

Mais surtout, il mit en lumière une pratique dont il avait déjà eu vent : il avait pris l'habitude de ne jamais prendre les mêmes véhicules que les autres. Car le kilométrage des voitures qu'ils utilisaient ne correspondait pas toujours aux distances réellement parcourues, et des bosses apparaissaient mystérieusement sur certains véhicules, sans jamais être signalées.

Tout cela, Mme Marino le savait.

Mais elle n'était jamais intervenue, préférant laisser les conflits s'installer afin qu'on ne vienne jamais mettre le nez dans son travail.

Et elle n'interviendrait sûrement pas plus après la réponse de Lahoussine.

Julie, en revanche, observa la scène avec un intérêt grandissant.

Elle comprit qu'elle pouvait en tirer parti.

L'agent d'entretien était une pièce supplémentaire sur son échiquier.

Et elle comptait bien l'utiliser.

CHAPITRE 20

Céline n'avait jamais ressenti une telle appréhension avant de reprendre le travail. Son week-end avait été un enchaînement de pensées anxieuses qu'elle n'avait osé confier à personne. Tristan, déjà rongé par ses propres angoisses depuis l'épidémie de Covid-19, était devenu obsédé par l'idée d'attraper le virus. Hypocondriaque de nature, il passait des heures à regarder les chaînes d'information en continu, analysant les moindres statistiques, s'inquiétant de chaque nouveau variant. Toute conversation revenait inévitablement à l'épidémie, et malgré tous ses efforts pour le rassurer, Céline voyait bien que rien n'y faisait.

Elle ne voulait pas ajouter ses propres préoccupations à celles de Tristan. Ni à ses amis ni à sa famille.

Mais l'idée de retourner au travail ce lundi lui donnait pour la première fois une boule au ventre.

Corinne était en formation. Lahoussine, lui, était en vacances.

Pendant trois semaines, elle avait peur de devoir travailler seule, et rien que d'y penser, cela lui provoquait, une sensation de boule au ventre.

Dès son arrivée, son mauvais pressentiment se confirma.

Ceux qui, d'ordinaire, ne manquaient jamais de souligner que Lahoussine ne disait pas bonjour, ne se gênaient pas pour l'ignorer à son tour. Seules Fatoumata et Marie-Thérèse lui adressèrent un bonjour mécanique.

Mais Céline refusa de se laisser happer par ce silence forcé. Contrairement à Lahoussine, elle fit le choix de continuer à leur dire bonjour, les obligeant à répondre devant des témoins potentiels.

Dans le bureau, les sous-entendus se multiplièrent. Jamais de noms prononcés, mais des remarques lancées juste assez fort pour qu'elle les entende.

— Ah, ça fait des vacances pour tout le monde, quand certains ne sont pas là, dit Julie provoquant le rire de ses collègues.

Et puis, cette conversation entre Julie et Stephen, faussement anodine, qui acheva de lui faire comprendre ce qui se jouait réellement.

— Franchement, l'ancienne éducatrice spécialisée me manque, lança Julie d'un ton mélancolique.

— C'est vrai… répondit Stephen. Elle a laissé un grand vide.

Julie esquissa un sourire en coin avant d'ajouter, avec une fausse innocence :

— Un très, très grand vide.

Stephen laissa échapper un rire.

— Je l'ai eue au téléphone hier, tu sais ? reprit Julie, exagérant son ton. Elle m'a dit qu'elle aimerait bien revenir.

Ils rirent encore, sans jamais la regarder, mais Céline fit comme si elle n'avait rien entendu.

Lorsqu'elle entra en salle de réunion cet après-midi-là, les échanges étaient brefs et les regards évitaient le sien. À peine un mot avant que Mme Marino ne prenne la parole.

— Comment s'est passé le week-end ?

Stephen ne tarda pas à s'exprimer, toujours prompt à rapporter un problème.

— J'ai eu un souci avec John. Il a bien trop de plantes dans sa chambre, c'est une vraie serre tropicale. Je lui ai dit qu'il fallait qu'il en jette, que ça devenait invivable.

Céline sentit son corps se raidir.

— Pourquoi tu lui as demandé ça ?

Stephen lui lança un regard surpris, puis agacé.

— On ne peut même plus passer dans sa chambre ! Ça déborde de partout, c'est n'importe quoi !

— John m'a déjà demandé d'arroser ses plantes quand il part en vacances, il y tient énormément.

Julie, assise non loin, croisa les bras et observa l'échange avec un sourire moqueur. Elle adorait ces moments où Céline se mettait à dos l'équipe.

— On ne peut pas vivre correctement avec toutes ces plantes ! insista Stephen.

— Il ne sait pas s'en occuper. Il met trop d'eau.

— Et alors ? C'est si grave que ça ? Elles sont en bonne

santé, répondit Céline.

— Ouais, mais il fout de l'eau partout ! répondit Stephen.

— Je suis montée plusieurs fois, et je n'ai jamais vu ça.

Là, Stephen se redressa, haussa la voix.

— Hé, mais tu juges mon travail, là ?!

Céline le fixa sans ciller.

— Non, je veux juste comprendre pourquoi tu veux lui imposer ça. Tu as pensé à ce que ça représente pour lui ? Ces plantes, c'est peut-être la seule chose dont il peut prendre soin, un repère stable. Elles grandissent avec lui, il les voit évoluer, c'est une responsabilité qui lui appartient. Pour certaines personnes, prendre soin d'un être vivant est un besoin fondamental, et quand on ne peut pas s'occuper d'un animal, parfois ce sont les plantes qui prennent cette place.

Stephen éclata d'un rire nerveux.

— Non, mais c'est bon, regardez ça !

Il attrapa son téléphone et lança une vidéo.

— J'ai filmé son salon pour prouver à ceux qui critiquent mon boulot que c'est ingérable. Regardez-moi ça, ses plantes baignent dans l'eau !

Céline sentit un froid lui traverser la colonne vertébrale.

— Tu as filmé leur chambre sans leur autorisation ?

Un silence tendu s'installa. Stephen, hors de lui, jeta son téléphone sur la table.

Mme Marino, visiblement mal à l'aise, se racla la gorge.

— Bon... je pense qu'on va arrêter là.

Elle coupa court à la discussion en essayant de changer de sujet. Stephen, encore sous la colère, marmonna :

— Non, mais elle se prend pour qui, à donner des leçons à tout le monde ?

Avant de faire mine d'être mal suite au propos de Céline, prétextant avoir du mal à faire son travail à cause du jugement de certains de ses collègues. Tout le monde se mit alors à le réconforter, Julie demanda alors à Mme Marino de faire une pause, histoire de théâtraliser encore plus cette scène.

Mme Lisa, la psychologue, était restée silencieuse. Elle n'avait pas levé un sourcil, même elle resta auprès de Stephen, le réconfortant d'un geste mécanique, sans adresser le moindre regard à Céline.

Dépitée, Céline retourna dans son bureau. Elle se battait pour que les résidents puissent être écoutés, pour qu'ils aient leur mot à dire sur leur propre espace, leur propre vie. Mais elle réalisait que, pour certains éducateurs, la parole d'un résident n'avait de valeur que lorsqu'elle allait dans leur sens. Sinon, elle était balayée d'un revers de main.

La journée s'étira, lourde et pesante. Personne ne vint lui parler après la réunion.

Ce ne fut qu'en fin de journée que Mme Lisa passa devant son bureau. Elle s'arrêta une seconde et murmura :

— Je vois où tu voulais en venir… et honnêtement, j'étais plutôt d'accord avec toi.

Céline releva la tête, surprise.

— Alors pourquoi tu n'as rien dit ?

Mme Lisa haussa les épaules.

— Parce que parfois, se taire évite les conflits.

Elle tourna les talons, laissant Céline seule face à cette vérité amère.

Se taire pour éviter le conflit… mais à quel prix ? Céline, elle, refusait de suivre cette logique. Se taire, c'était accepter l'injustice, abandonner les résidents à des décisions prises sans eux, pour eux. Se taire, c'était renoncer à son rôle d'éducatrice, à ce pour quoi elle était là.

Elle jeta un regard vers la porte du bureau de Mme Marino. Celle-ci avait pris le temps de recevoir Stephen en entretien pendant plus de trente minutes après la réunion, mais elle, elle n'avait même pas daigné l'appeler. Pas un mot, pas une question, rien. Comme si elle n'existait pas.

CHAPITRE 21

Plus les jours passaient, plus l'équipe adoptait un comportement à son égard bien plus insidieux.

Les résidents eux-mêmes ne tardèrent pas à remarquer qu'elle était constamment seule. Beaucoup lui demandaient quand Lahoussine reviendrait. D'autres lui demandaient pourquoi elle ne mangeait plus avec les autres.

Ils avaient remarqué qu'elle n'était jamais présente aux gueuletons improvisés de ses collègues.

Céline se força à ne pas leur montrer son malaise. Mais en son for intérieur, elle commençait à ressentir une angoisse qu'elle n'avait jamais connue jusqu'ici. Ce n'était pas simplement du stress passager ou de la fatigue accumulée : plus profond. Une sensation sourde d'être isolée, scrutée, comme si chaque faux pas était attendu avec impatience. Céline percevait cette tension dans les silences, les regards fuyants, les différentes pièces où l'on cessait de parler dès qu'elle entrait.

La pression exercée par Julie et son cercle devenait de plus en plus lourde. Certains collègues qui, auparavant, étaient neutres, semblaient peu à peu se ranger de leur côté. Certains n'hésitaient pas à venir lui rapporter ce qui se disait sur elle. On parlait d'elle comme si elle était un élément perturbateur, une opportuniste qui voulait imposer sa vision des choses sans respecter les habitudes de l'établissement.

Elle commençait à soupçonner que cela soit l'œuvre de Julie.

Mais Céline refusait de céder. Renoncer, ce serait leur donner raison, valider cette image d'une femme trop ambitieuse, trop investie, qu'on devait remettre à sa place. Ce serait trahir ses valeurs, celles qui l'avaient toujours guidée : l'écoute, le respect des personnes accompagnées, le sens du travail bien fait. Céder, ce serait aussi abandonner le trinôme qu'elle voyait naître, un espace de collaboration sincère et prometteur, capable de faire évoluer les pratiques. Elle savait que reculer maintenant, c'était ouvrir la porte au cynisme, à la résignation qu'elle avait toujours combattus. Alors elle tenait bon, même si cela signifiait avancer seule, au milieu des regards qui jugent et des silences qui pèsent.

Un matin, alors qu'elle était seule de journée, un résident des appartements autonomes vint la voir.

Il se plaignait d'une forte odeur dans son logement. Il lui expliqua que depuis plus d'une semaine, il avait remarqué des excréments de rats ou de souris. Il avait alerté sa référente projet, qui lui avait simplement répondu que les mauvaises odeurs venaient probablement des remontées d'égout.

Une odeur persistante, des crottes retrouvées depuis plus d'une semaine, et personne n'avait pris ça au sérieux ?

Elle se rendit immédiatement sur place. Dès son arrivée, elle constata que l'odeur était insoutenable. Elle inspecta rapidement la pièce d'où provenait la puanteur, cherchant une canalisation apparente qui aurait pu expliquer le problème. Mais il n'y avait aucun point d'eau dans cette partie de l'appartement.

L'origine du problème était ailleurs.

Elle retourna alors voir Mme Marino pour l'informer de la situation. Mais la cheffe de service, visiblement pressée, balaya rapidement la question.

« L'agent de maintenance y est allé hier, il n'a rien vu. Les éducateurs m'ont dit que ça venait sûrement des égouts, et ça dure depuis une dizaine de jours. »

Céline comprit qu'elle n'obtiendrait rien de plus pour l'instant. Elle retourna voir le résident pour le rassurer et lui disant que la situation serait réglée rapidement. Mais avant de partir, elle prit la décision de faire une petite vérification au cas où.

Elle s'agenouilla pour inspecter le sol de la pièce. En regardant sous un meuble, son cœur rata un battement.

Sous le meuble gisait un énorme rat mort.

Elle recula vivement, la panique lui tordait l'estomac. Mais elle n'eut pas le temps de reprendre ses esprits qu'un détail encore plus glaçant lui apparut.

En poussant le meuble avec le résident, sous la carcasse du rat, des dizaines de gros d'asticots grouillaient.

La vision d'horreur la cloua sur place. Elle sentit son souffle se bloquer.

Le résident, lui, se mit à rire en voyant son expression horrifiée. « Alors, tu vois que je disais la vérité ! »

Céline reprit ses esprits tant bien que mal et courut prévenir Mme Marino. Mais comme d'habitude, elle n'était jamais présente quand on avait besoin d'elle… Elle alla alors voir l'agent de maintenance qui se trouvait à l'entrée de la cuisine, celui-ci l'écoutait d'une oreille distraite, préférant bavarder avec la secrétaire avec qui ils préparaient leurs repas du midi.

Ne voyant aucun signe de réaction, Céline insista :

— J'ai besoin de quelque chose pour le ramasser.

Il se dirigea vers le garage à outils et posa une pelle devant la porte, sans un mot ni même un regard, lui tournant les talons avant de retourner à l'intérieur de l'établissement.

Céline comprit qu'elle était seule dans cette histoire.

Elle retourna donc à l'appartement muni de la pelle et d'une paire de gants jetables en latex récupérés dans la cuisine avec un courage qu'elle ne se connaissait pas. Le résident, cette fois, l'attendait avec un sac poubelle. À deux, ils déplacèrent le meuble.

Ce qu'elle vit l'horrifia. Les asticots étaient plus nombreux et s'étaient répandus sous le meuble, rampant autour de la carcasse en décomposition.

Elle bondit en arrière, imitant involontairement le sursaut du résident, qui éclata de rire en voyant sa réaction.

Elle rassembla son courage, enfilant une paire de gants et souleva le rat mort. Ses mains tremblantes, elle détourna le regard en réprimant un haut-le-cœur. Elle le déposa dans le sac poubelle, essayant de ne pas respirer l'odeur insoutenable. Avec l'aide du résident, elle nettoya la pièce du mieux à grands coups d'eau de Javel.

Lorsque tout fut enfin propre, le résident toujours déconcerté dit alors :

— Je savais que j'avais raison. Hier encore, ils ne m'ont pas cru.

De retour dans l'établissement, Céline nota l'incident dans le cahier de liaison et attendit le retour de Mme Marino. Lorsqu'elle lui expliqua la situation, celle-ci resta impassible.

— Ça a dû se produire cette nuit. Je vais prévenir le service de dératisation.

Le lendemain, en réunion, le sujet ne fut même pas évoqué.

Mme Marino se contenta d'annoncer qu'elle avait contacté un dératiseur, sans jamais revenir sur la gravité de la situation.

Personne ne posa de questions.

Céline n'était pas surprise. La référente du résident n'était autre que Julie.

Elle tomba une nouvelle fois de sa chaise, constatant combien les problèmes graves étaient minimisés dès qu'ils impliquaient certains membres de l'équipe.

Ce n'était pas la première fois qu'elle assistait à une telle scène.

Elle repensa à la réunion où une vacataire avait raconté qu'une résidente lui avait jeté de l'eau, et qu'elle lui avait répliqué en lui jetant un verre d'eau à son tour.

Là encore aucune réaction.

Personne ne s'était indigné.

Céline, elle, était restée tétanisée.

Mais la dernière confrontation avec Stephen l'avait refroidie. Elle s'était contentée de serrer les poings sous la table, secouant la tête en silence. Chaque jour révélait à Céline des attitudes et des propos de certains professionnels envers les résidents qui la sidéraient. Mais paradoxalement, cette mise à l'écart progressive lui avait permis d'ouvrir les yeux. Plus elle s'éloignait de l'équipe, plus elle prenait conscience de dynamiques qu'elle n'avait jusque-là jamais vraiment perçues. Ce recul, douloureux, mais salutaire, lui permettait de voir les choses avec lucidité : ce n'était pas elle qui posait problème, mais un système figé, parfois maltraitant, souvent déshumanisant.

Et tout n'était pas perdu. Céline continuait à puiser de la force dans les résidents, chez qui elle percevait un vrai désir de changement. Comme Laura, par exemple, qui, lors de sa réunion de projets, osa demander un changement de référent, une démarche inédite dans l'établissement. Avec calme, mais détermination, elle expliqua qu'elle souhaitait faire avancer son projet. Ce simple geste, inattendu, laissa les professionnels autour de la table sans voix. Pour Céline, c'était une preuve supplémentaire que quelque chose était en train de bouger.

Elle ne regarda même pas Soraya une seule fois.

Céline vit dans ce geste une forme de courage claire et assumée.

Et ce ne fut qu'un début.

Car peu à peu, les résidents eux-mêmes vinrent se plaindre à Céline du comportement de certains éducateurs.

Et maintenant qu'elle en était elle-même victime, elle commençait à douter profondément de la qualité de leur accompagnement et ce pour quoi ils avaient choisi ce métier.

Céline avait réussi à tenir bon. Les vacances arrivaient au bon moment. L'absence de Lahoussine et Corinne avait révélé les vrais visages de certains collègues. Sans les prises de position de Lahoussine, certains s'étaient senti pousser des ailes, n'hésitant plus à montrer leur mépris avec plus d'assurance. Cela lui avait servi de leçon : elle ne se retrouverait plus jamais seule dans cet environnement toxique.

La fin de ces trois semaines fut un énorme soulagement pour Céline et elle comptait bien profiter de ces vacances d'été.

Avec Tristan, ils avaient enfin pu partir se ressourcer, s'échappant dans la maison de campagne familiale. Perdue au milieu des collines, entourée de vastes étendues de verdure, cette maison représentait un havre de paix loin du tumulte du quotidien.

Ici, dans ce cadre apaisant, elle voulait mettre cette période entre parenthèses, respirer, se reconstruire.

Mais Tristan, lui, semblait incapable de décrocher. Il avait constamment l'esprit accaparé par le travail et par les conséquences du virus. Son obsession pour l'actualité ne s'était pas estompée. Dès le matin, il allumait son téléphone pour consulter les dernières nouvelles, scrutant les statistiques, anticipant les prochaines restrictions. La possibilité d'un nouveau confinement en hiver le hantait toujours autant.

Céline, bien qu'inquiète pour lui, faisait tout pour le rassurer. Elle souriait, prétendait que tout allait bien, comme si ce séjour était une véritable coupure pour elle aussi. Mais au fond d'elle, quelque chose avait changé.

CHAPITRE 22

La rentrée de septembre s'annonçait étrangement apaisée. Les tensions accumulées durant l'année semblaient s'être atténuées par une forme de distanciation tacite : les deux groupes d'éducateurs se croisaient peu, s'évitant même, comme pour préserver une paix fragile.

Lors de la réunion de reprise, Monsieur Tavares, le directeur, annonça deux nouvelles majeures. D'abord, il invita l'équipe à proposer des projets de transferts, en collaboration avec les résidents, afin de valoriser un budget activités peu mobilisé pendant le confinement. Ensuite, il révéla son départ définitif à la fin de l'année. Cette annonce bouleversa l'ensemble du personnel.

Apprécié pour sa posture bienveillante, son soutien au personnel et son attachement à l'autonomie des résidents, Monsieur Tavares avait su créer un climat de confiance. Son absence faisait déjà craindre un retour en arrière dans les valeurs éducatives.

Dans son discours d'adieu anticipé, il insista sur la communication professionnelle entre collègues. Évoquant indirectement l'incident du barbecue, il rappela que tout dans ce métier devait viser le bien des résidents, et que son soutien allait toujours à ceux qui œuvraient sincèrement dans ce sens. Durant ses mots, ses regards insistants vers Céline, Corinne et Lahoussine ne passèrent pas inaperçus. Julie, vexée, interpréta ces signes comme une forme de favoritisme et se consola en pensant que son départ n'était finalement pas une perte. Saisissant cette dynamique naissante et la volonté de changement qu'elle suscitait, la direction décida dans les jours qui suivirent d'organiser une formation hygiène et sécurité, malgré l'importance de cette formation, ce jour-là dans la salle, Julie, Soraya et Marie-Thérèse passaient leur temps à rire, à manipuler leurs téléphones et à faire jouer des vidéos au volume exagéré. Lahoussine, exaspéré, lança un regard vers Mme Marino, espérant une réaction de sa part. Elle resta stoïque, comme souvent.

À la fin de la séance, Soraya demanda une réunion urgente. Elle raconta, avec Marie-Thérèse, un incident du week-end : elles auraient été agressées par le compagnon de Natacha, une résidente.

Celui-ci était en effet interdit de rentrer dans l'enceinte du foyer, une décision précipitée après une dispute avec Natacha, qui, dans un élan de vengeance, avait jeté le discrédit sur lui auprès de l'équipe. Une décision prise dans l'émotion, sans fondement clair.

Ce jour-là, le jeune homme réconcilié avec Natacha avait prévu de se rendre au restaurant accompagné d'autres résidents du foyer. Il avait pénétré dans l'enceinte de l'établissement uniquement pour déposer son vélo dans la cour, avant de repartir aussitôt au restaurant. Soraya et Marie-Thérèse étaient intervenues pour l'en empêcher. Il avait répondu que le portail était cassé et que son intention était simplement de sécuriser son vélo, unique moyen de locomotion qu'il chérissait depuis qu'il avait compris l'interdiction de recevoir la visite de sa copine dans sa chambre. Mais il refusait de répondre à la demande des éducatrices laissant son vélo dans la cour.

La situation dégénéra lorsqu'en guise de « réponse éducative », Soraya décida de dégonfler un des pneus du vélo. Cet acte, profondément déplacé, prit tout son sens dans son symbolisme : s'attaquer aux biens d'autrui pour marquer son autorité, pour assouvir une vengeance personnelle. Ce comportement donna aux résidents présents un message désastreux : dans ce lieu censé transmettre des valeurs, **il** serait donc acceptable de s'en prendre aux affaires d'une personne pour régler ses comptes.

Loin d'apaiser les tensions, Soraya venait de valider par son comportement les pratiques mesquines que certains résidents utilisaient entre eux — sabotage des vélos, représailles en douce — au lieu d'enseigner la gestion constructive des conflits.

Pire encore, Marie-Thérèse, oubliant tout discernement, filma la scène en cachette dès le moment où le jeune homme revint du restaurant et découvrit l'état de son vélo. Comme si tout avait été prémédité. Elle semblait vouloir capturer une éventuelle colère de sa part dans le but de se justifier ensuite auprès de l'équipe ou de la direction. Ce comportement révélait une dérive inquiétante : plutôt que de chercher à apaiser, elle cherchait à se couvrir, au détriment du respect fondamental dû à toute personne.

La version de Soraya était tout autre, floue, désordonnée, justifiant cet acte par une prétendue attitude menaçante. Interloqué, Lahoussine demanda : « À quel moment a-t-il été violent ? » Corinne, elle reprit uniquement « tu as dégonflé les pneus ! »

Soraya s'embrouilla dans ses explications. Puis, contre toute attente, Marie-Thérèse, habituellement discrète, s'emporta, criant qu'elles avaient été agressées et que tout le monde s'acharnait sur Soraya. Julie, agacée par la tournure que prenait la réunion, proposa d'en rester là. Elle se leva, suivie de ses acolytes, laissant Mme Marino seule avec Céline, Corinne et Lahoussine. Une fois encore, tout tournait au conflit entre professionnels, en reléguant les faits de départ au second plan.

Quelques jours plus tard, Mme Marino, accompagnée de Lahoussine, alla rencontrer le compagnon de Natacha qui l'attendait à l'extérieur de l'établissement. À leur grande surprise, il fut d'un calme exemplaire. Il raconta sa version des faits, sereinement.

— J'ai juste voulu poser mon vélo. Il n'y a pas d'abri sécurisé ailleurs. J'ai refusé de le retirer, alors ils l'ont dégonflé. Vous imaginez ce que j'ai ressenti ? Vous, on dégonfle les pneus de votre voiture, comment vous le vivez ?

— On m'a humilié devant tout le monde et puis, ajouta-t-il, j'ai vu qu'on me filmait et c'est vrai qu'à ce moment-là j'ai perdu mon calme

Lahoussine, choqué, s'excusa au nom de la structure. Il comprenait le malaise. Quant à Mme Marino, visiblement désarçonnée par la justesse de ses propos, coupa court à la discussion, promettant que la situation serait revue.

Céline et Corinne furent sidérées en entendant ce récit et

voir Marie-Thérèse cautionner et participer à de tels actes était une désillusion. Pour Lahoussine, ce fut le déclencheur : il n'accepterait plus jamais ce genre de posture.

Les semaines suivantes, la fracture dans l'équipe devint plus flagrante encore. Quand un groupe occupait une pièce, l'autre l'évitait. Les échanges ne se faisaient plus qu'au travers du cahier de transmission ou par e-mail. Il n'y avait plus de véritable travail d'équipe. Céline, Corinne et Lahoussine se retrouvèrent isolés.

Pourtant, cette nouvelle dynamique trouva un écho favorable auprès des résidents. Beaucoup d'entre eux, en désaccord avec les postures infantilisantes subies auparavant, choisirent de s'impliquer dans les activités proposées par ce trio. Certains allaient jusqu'à modifier leurs préférences de week-end, espérant coïncider avec les jours de présence de Céline, Corinne et Lahoussine.

Corinne, galvanisée par ce soutien, proposa l'organisation d'un transfert au ski en janvier. Le projet fut validé par le directeur et suscita un réel engouement chez les résidents. Avec Céline et Lahoussine, elle se lança dans les préparatifs, dans une atmosphère d'enthousiasme retrouvé.

Mais une mauvaise nouvelle tomba : un nouveau confinement national. Les rires de Julie et ses collègues résonnèrent dans les couloirs. Leur joie malsaine trahissait leur satisfaction à voir le projet de ski probablement réduit à néant. Ils se moquaient des efforts consentis, minimisant les désillusions des résidents.

Céline, quant à elle, vivait un moment difficile aussi sur le plan personnel. Le confinement plongea son compagnon, Tristan, dans une profonde détresse. Il envisageait de fermer définitivement son entreprise, devenait irritable, jalousait même Céline pour son activité professionnelle. Il lui reprochait ses heures supplémentaires, ses appels fréquents avec ses collègues, insinuant que son métier n'était pas si prenant.

Les semaines suivantes, c'est une autre scène qui vint illustrer le clivage grandissant. Alors que les résidents devaient rester confinés, car la Covid était de retour, un groupe d'éducateurs organisa un repas festif en l'honneur d'une vacataire. Les résidents, indignés, furent les premiers à avertir Céline et Lahoussine : eux n'avaient même pas le droit de sortir de leur unité, mais voyaient les professionnels s'attabler autour d'une dorade, passer un moment agréable et danser au sein de l'établissement.

Encore une fois, Mme Marino balaya l'affaire, prétendant avoir donné un accord verbal. Personne n'y crut vraiment.

Malgré tout ça, une lueur d'espoir pointa : l'annonce de la campagne de vaccination.

Les résidents y virent une opportunité de retrouver un peu de liberté et certains évoquèrent même la possibilité de maintenir le transfert au ski !

Un énième affrontement surgit autour de la vaccination. Stephen, fidèle à son image de « bon petit soldat », exigeait que tous les résidents soient emmenés en voiture par les éducateurs. Il s'opposait à la proposition de Lahoussine, qui soutenait la volonté de certains résidents de s'y rendre seuls, à pied, jusqu'au gymnase situé à moins de deux kilomètres.

— Ils peuvent avoir peur de la piqure ! s'inquiéta Stephen.

— Comme tout un chacun, rétorqua calmement Lahoussine.

— Vous êtes des fainéants, vous ne voulez pas les accompagner !

— Non. On respecte leur droit de choisir, on les considère comme des adultes. Tu veux les trimbaler comme des colis, fais-le. Mais arrête de leur retirer ce qu'ils essaient de gagner depuis des années : leur dignité.

Mais le mal était fait. Sous la pression de Stephen, tous les résidents furent finalement emmenés en véhicule, dans un déplacement groupé. Plusieurs en furent gênés, murmurant que ce n'était pas nécessaire. Une infantilisation de plus, camouflée derrière des justifications sécuritaires.

Malgré tout, une chose restait inébranlable : Céline, Corinne et Lahoussine refusaient de céder. Ils continuaient, envers et contre tous, à défendre la valeur la plus essentielle de leur métier : l'émancipation, pas la dépendance. Le respect, pas la soumission. L'autonomie, pas l'assistanat déguisé.

CHAPITRE 23

La nouvelle année débuta sous le signe de l'incertitude.

M. Tavares était parti.

Celui qui avait toujours su maintenir un équilibre fragile entre les tensions de l'équipe et les besoins des résidents n'était plus là pour tempérer les conflits. Son absence se fit immédiatement ressentir.

Pour le remplacer, une directrice adjointe avait été nommée en attente d'un remplaçant définitif.

Julie, qui avait toujours cherché à garder un certain contrôle sur l'établissement et sur ses collègues, n'aimait pas ce genre de changement imprévu. Un nouveau regard sur le fonctionnement de la structure pouvait tout remettre en question.

Mais très vite, son inquiétude fut balayée par Stephen.

Il lui assura qu'il connaissait très bien Mme Dorée, qu'il l'avait croisée à plusieurs reprises dans le cadre de ses fonctions de délégué du personnel.

— Ne t'inquiète pas, elle sait déjà qui sont les fouteurs de merde !

Ces mots suffirent à détendre Julie.

Mais ce qui était peut-être le plus flagrant, c'était à quel point Stephen n'était plus capable de penser par lui-même.

À force de fréquenter Julie et d'écouter ses ragots, il avait lentement, mais sûrement absorbé sa haine.

Julie n'avait pas eu besoin de grand-chose pour le manipuler. Juste quelques phrases lâchées ici et là :

« Tu vois comment Céline se la joue avec les résidents ? Elle nous prend de haut »,

« Tu te rends compte que Corinne ne fout rien pendant son service ? »

« Franchement, Lahoussine, il se prend pour qui à vouloir tout changer ? »

Petit à petit, Stephen avait cessé de réfléchir. Il avait adopté leur vision, leur rancœur.

Mais au fond de lui, peut-être enviait-il ceux qui, comme Céline, osaient dire non ?

Peut-être qu'il aurait aimé, lui aussi, avoir ce courage de refuser l'absurde, de s'opposer quand un accompagnement ne respectait pas les droits des résidents ?

Mais au lieu de ça, il s'accrochait à son rôle de serviteur zélé, préférant dénoncer ceux qui osaient « foutre la merde » plutôt que de questionner le système.

Stephen, en plus de tout cela, avait un autre atout dans sa manche : son rôle au Comité social et économique.

Ce poste lui offrait un accès direct aux dirigeants de l'association.

Là encore, il jouait son rôle à merveille.

Il s'empressait de rapporter les conflits internes, de dénoncer les « fauteurs de troubles », de conforter la direction dans l'idée que les vrais problèmes venaient toujours des éducateurs qui posaient trop de questions.

Et ce pouvoir indirect, il en jouissait.

Il prenait même un malin plaisir à lâcher, l'air faussement désolé :

— Vous savez, certains ici passent plus de temps à foutre la merde qu'à s'occuper des résidents…

Des mots lâchés avec un sourire poli, des phrases dites avec un air affligé, comme s'il était au-dessus de tout ça.

Mais tout était calculé.

Parce que dans l'ombre, Stephen n'était qu'un pion.

Un homme incapable de dire non aux « grands esprits », un homme façonné par les rumeurs et la manipulation, un homme qui pensait avoir du pouvoir alors qu'il n'était qu'un messager docile.

Et Céline, Lahoussine et Corinne voyaient cela avec une lucidité implacable.

Stephen n'était ni un bourreau ni une victime.

Il était juste un homme qui avait choisi la soumission, incapable de voir qu'il s'était perdu lui-même en chemin.

Si Mme Dorée était déjà influencée par la réputation de l'ancienne équipe et les propos de Stephen, alors une majorité de l'équipe n'aurait rien à craindre.

Lors de sa première réunion avec l'équipe, la nouvelle directrice adjointe prit la parole d'une voix ferme :

— Ce transfert est excessivement cher. Si ça n'avait tenu qu'à moi, il n'aurait pas pu se réaliser.

Un silence glacé s'installa dans la salle.

Elle n'avait exprimé aucun mot d'encouragement sur le travail accompli, aucune reconnaissance pour les éducateurs qui avaient préparé ce séjour avec tant d'investissement.

Elle n'avait même pas évoqué le bien-être des résidents, la raison première de ce projet.

Assis à côté de Céline et Corinne, Lahoussine comprit immédiatement.

Les problèmes ne faisaient que commencer.

Malgré cette première intervention inquiétante, Céline, Corinne et Lahoussine consacrèrent toute leur énergie à la préparation du transfert.

Ils refusèrent de se laisser démoraliser.

Le séjour au ski devait être une réussite pour les résidents.

Et il le fut.

Dès leur arrivée à la montagne, l'ambiance se transforma.

Une véritable unité se créa entre eux et les résidents. Loin du foyer et des tensions quotidiennes, tout le monde retrouva une légèreté oubliée.

Les résidents dévalèrent les pistes de ski, profitèrent du

grand air, du soleil et des paysages enneigés. Les journées étaient rythmées par des activités variées, du ski aux balades en raquettes, en passant par des soirées animées où les rires fusaient sans retenue.

Céline, Corinne et Lahoussine, libérés de la toxicité de l'équipe, retrouvèrent ce qui les avait unis au départ : une passion commune pour leur travail et un profond respect des résidents.

Pour Céline, ce séjour fut une bouffée d'oxygène, un moyen de mettre à distance ses soucis personnels.

Les fêtes de fin d'année avec Tristan ne s'étaient pas bien passées.

Les tensions accumulées ces derniers mois avaient explosé en petites disputes répétées, si bien qu'ils n'avaient même pas passé le réveillon ensemble.

Elle savait que leur couple était en péril.

Mais elle décida de mettre ça de côté pour le bien du transfert.

Elle ferait face à la situation à son retour.

Un événement marqua toutefois ce séjour d'une touche inattendue.

Parmi les résidents présents se trouvait une jeune femme particulièrement proche de Julie.

Elle et Julie entretenaient une relation fusionnelle depuis des années, et cette résidente avait toujours refusé de participer aux sorties organisées par Céline, Corinne et

Lahoussine.

Mais cette fois, contre toute attente, elle avait fait le choix de partir.

Son départ avait surpris tout le monde.

Mais ce qui étonna encore plus, c'était son comportement une fois sur place.

Tous les jours, elle passait de longs moments en FaceTime avec Julie.

Elle lui montrait le cadre idyllique du séjour, les moindres détails de l'hôtel 4 étoiles où ils étaient logés.

Elle filmait les vastes chambres, les salles de bain luxueuses, la piscine chauffée avec vue sur la montagne.

Elle commentait les repas raffinés, les activités proposées, les moments de complicité entre les résidents et les éducateurs.

Julie encaissait avec difficulté.

Elle qui avait tant méprisé ce transfert voyait une de ses alliées de toujours s'enthousiasmer pour un projet qu'elle avait tant critiqué.

Et pire encore :

Elle voyait que Céline, Corinne et Lahoussine avaient réussi à créer quelque chose de fort, une véritable dynamique positive autour des résidents.

Julie, impuissante derrière son écran, n'y pouvait rien.

Pendant ce temps, au foyer, l'absence de la moitié des

résidents créa une atmosphère bien différente.

Avec Lahoussine, Corinne et Céline partis, les éducateurs profitèrent de cette accalmie pour s'attirer les bonnes grâces de Mme Dorée.

Ils lui donnèrent exactement ce qu'elle voulait entendre.

Certains osèrent même prétendre qu'ils n'avaient jamais eu la chance d'organiser un transfert, insinuant que M. Tavares avait ses préférés et ne leur avait jamais laissé l'opportunité.

Ils firent passer leur propre manque d'investissement pour une injustice subie.

Ils ne mentionnèrent jamais qu'ils n'avaient jamais proposé quoi que ce soit.

Et surtout, ils évitèrent soigneusement de parler du désintérêt manifeste dont ils avaient fait preuve envers les projets des résidents et les activités jamais réalisées ces dernières années. Préférant utiliser la carte conflit pour justifier leurs inactivités.

Mme Dorée, quant à elle, n'avait aucun mal à les croire.

Elle voyait le transfert comme une dépense excessive, un caprice inutile.

Et elle trouvait bien plus confortable d'écouter ceux qui allaient dans son sens plutôt que de chercher la vérité.

Quand Céline, Corinne et Lahoussine reviendraient, ils découvriraient qu'un nouvel adversaire s'était installé à la direction.

Et cette fois, il ne s'agissait plus seulement de Julie et Stephen.

Cela semblait même venir des plus hautes sphères de l'association…

Les véritables hostilités ne faisaient que commencer.

CHAPITRE 24

Le retour du transfert au ski aurait dû être un moment de partage, une occasion de raconter aux collègues ce que les résidents avaient vécu, d'échanger sur l'expérience et de se retrouver après une semaine de séparation.

Mais dès que Céline, Lahoussine et Corinne franchirent les portes du foyer, ils comprirent qu'ils étaient attendus de pied ferme.

Durant leur absence, une nouvelle coalition s'était formée.

Les éducateurs restés sur place s'étaient rassemblés, unis par un objectif commun : évincer ce trio qu'ils considéraient comme nuisible.

Avec l'appui de Mme Dorée, ils se sentaient plus forts, mieux armés.

Dès la première réunion, le ton fut donné.

Stephen fut le premier à lancer les hostilités, prenant la parole avec assurance.

Il leur reprocha d'avoir laissé l'équipe en galère, les accusant d'avoir abandonné leurs collègues pour partir en séjour pendant que les autres devaient gérer seuls le quotidien.

Lahoussine le fusilla du regard.

Il trouvait cette remarque ridicule.

Ils n'étaient pas partis en vacances.

Eux aussi avaient travaillé, et ce séjour avait été validé par M. Tavares lui-même bien avant son départ. Il rappela que l'ancien directeur avait précisé que deux transferts pouvaient être organisés : un en hiver, et un autre en été.

Mme Dorée ne lui laissa pas le temps d'aller plus loin.

Elle prit immédiatement la défense de Stephen.

— Lahoussine, veuillez baisser d'un ton.

Il n'avait pourtant pas élevé la voix.

C'était Stephen qui l'avait fait.

Corinne, excédée, voulut intervenir pour le défendre, mais Céline l'en dissuada discrètement, lui donnant un petit coup de pied sous la table.

Il était hors de question de tomber dans ce piège.

Pendant toute la réunion, pas une seule fois, il ne fut question du retour sur le séjour à la montagne.

Mme Marino, dans un élan d'initiative, tenta bien de poser la question, demandant comment s'était passé le séjour, mais elle fut immédiatement coupée par Mme Dorée.

— Ce n'est pas à l'ordre du jour.

Un silence gêné tomba dans la pièce.

Mme Marino, qui avait toujours pris la défense de ceux qui se plaignaient constamment de Céline et Lahoussine, sentit une étrange sensation l'envahir.

Depuis l'arrivée de Mme Dorée, plus aucun éducateur ne venait se plaindre dans son bureau.

Elle voyait les va-et-vient incessants se dérouler dans le nouveau bureau aménagé de Mme Dorée.

Elle remarquait aussi les petits changements subtils : il y avait de moins en moins de grands sourires, moins d'échanges légers, et surtout, plus de café servi à son attention.

Elle commençait à se poser des questions.

Pendant ce temps, Céline, Corinne et Lahoussine prirent une décision importante.

Ils ne tomberaient plus dans le piège des provocations.

Ils décidèrent de ne plus intervenir en réunion. Ils savaient que leurs mots finissaient toujours repris et tordus : la secrétaire, telle une comédienne, semblait plus émue par l'autorité de la voix de Lahoussine que par les allusions de maltraitance à peine avouées, lancées sous couvert de plaisanterie et d'un grand sourire. Dès que Mme Dorée pénétrait dans la salle, tout était déjà joué d'avance.

Ils savaient aussi que leur objectif était clair : pousser Lahoussine à bout.

Corinne et Céline lui demandèrent de tenir bon, de ne pas leur donner ce qu'ils attendaient.

Lahoussine se promit de se contenir.

Mais combien de temps tiendrait-il ?

Qu'il s'agisse des regards hostiles au bureau ou des

silences glacés à la maison, rien ne semblait ménager Céline, comme si de gros nuages grisâtres la suivaient, peu importe l'endroit.

Dès qu'elle entendit le bruit de la porte se refermer, elle craqua.

Elle resta de longues minutes debout au milieu du salon, les bras croisés sur elle-même, comme pour se protéger du froid soudain qui s'était installé dans l'appartement.

Puis, lentement, elle alla s'asseoir. Dès qu'il entra, Tristan referma la porte avec un claquement sec.

— Il faut qu'on parle, maintenant.

Sa voix, habituellement calme, était devenue tranchante.

Céline posa son sac d'un geste mécanique, pressentant l'orage. Elle resta plantée là, le regard fixé sur la poignée.

— Je t'écoute, lui dit-elle

Il s'avança, le dos raide, évitant soigneusement ses yeux.

— Ces derniers mois, j'ai l'impression qu'on n'existe plus vraiment, toi et moi.

Un silence froid s'installa, ponctué par le grincement de leurs chaussures sur le sol. Céline sentit ses jambes vaciller.

— Je ne me reconnais plus, reprit-il, sans hésiter.

— Toi, au moins, tu as ton boulot… parfois, on dirait que tu en oublies presque que j'existe.

Elle ouvrit la bouche, cherchant une défense, mais aucun mot ne vint. Son cœur battait si fort qu'elle n'entendait que son propre souffle.

Tristan fit un pas de côté, comme pour mesurer la distance qui désormais les séparait :

— Le confinement a tout changé pour moi. J'ai l'impression d'avoir besoin de savoir ce que je vais pouvoir faire.

Céline sentit la colère et la douleur monter, mais elle garda le silence, incapable de répondre. Au lieu de cela, elle serra les poings, ses ongles creusant la paume de ses mains.

— Et ce vaccin ? » ajouta-t-il, la voix froide. « Tu l'as fait sans réfléchir, pour eux... Moi, je refuse. »

Son jugement tomba comme une sentence.

— Je crois qu'il vaut mieux qu'on fasse une pause, dit-il en relevant enfin les yeux vers elle.

Elle sentit un vide immense s'ouvrir sous ses pieds. Tout son monde bascula.

— Une pause... Voilà ce qu'il me faut, répéta-t-elle, d'une voix blanche.

Tristan ramassa son manteau, posa son regard assombri sur elle une dernière fois.

— Je dormirai ailleurs quelque temps. Ça nous fera du bien.

Il ouvrit la porte, mais ne toucha pas la poignée tout de suite. Un lourd silence pesa quelques secondes, puis il referma la porte sans un mot.

Céline resta figée, ses épaules tremblant tandis que la pièce résonnait du vide qu'il laissait derrière lui.

Elle resta immobile sur le canapé.

Elle fixa la télévision, mais ne regarda rien.

L'écran resta noir, reflétant seulement son propre visage dévasté.

Elle resta ainsi une grande partie de la nuit, emmitouflée dans son pull en laine, la tête posée sur ses genoux, les yeux dans le vide.

Elle se répétait en boucle qu'elle ne devait pas craquer.

Mais elle savait qu'une part d'elle venait de s'effondrer. Tristan n'était pas qu'un compagnon : il était son unique refuge, ce havre de calme où elle pouvait déposer le poids de ses journées chaotiques.

Elle craignait désormais le soir, moment où, au lieu de retrouver un sourire familier, elle se retrouvait seule face à ses pensées.

Pour Céline, tout devenait compliqué, au travail comme à la maison : seuls les résidents, par leur admiration et leur affection quotidiennes, lui donnaient encore la force de tenir debout.

Dans ce contexte, Julie, responsable de l'atelier cuisine, avait pour mission d'évaluer les résidents en vue de leur autonomie ; elle devait gérait aussi l'appartement `test attenant au foyer, où certains d'entre eux pouvaient effectuer un stage avant de partir.

Angèle, une résidente motivée, souhaitait justement faire un stage dans cet appartement.

Julie et Soraya, très proches d'Angèle, se réjouirent immédiatement de cette nouvelle. Pour elles, cela représentait une opportunité en or : en accompagnant Angèle, elles pourraient justifier leur absence du foyer tout en profitant de leurs heures de service pour faire leurs courses personnelles sans que personne ne le remarque.

Elles mirent alors tout en œuvre pour vanter les mérites d'Angèle auprès de Mme Marino, affirmant qu'elle savait parfaitement cuisiner et gérer son quotidien.

— Elle est autonome en cuisine, elle n'aura aucun problème ! affirma Julie avec assurance.

— Elle sait aussi organiser son temps libre, ajouta Soraya, visiblement ravie à l'idée de passer du temps avec elle en dehors du foyer.

Pour préparer l'arrivée d'Angèle, elles achetèrent du matériel : casseroles, couverts, équipements divers… Tout était prêt.

Mais ce qu'elles n'avaient pas prévu, c'est que Mme Marino allait nommer Céline responsable de l'appartement et de l'accompagnement d'Angèle.

Lorsqu'elles l'apprirent, ce fut un coup dur.

Julie et Soraya prirent cette nomination comme un affront.

Céline prit son rôle au sérieux et accompagna avec bienveillance Angèle, qui était enthousiaste à l'idée de commencer son stage.

Elle la laissa préparer ses menus en suivant l'évaluation de Julie, qui affirmait qu'Angèle savait déjà cuisiner.

Mais dès les premiers jours, Céline déchanta.

Le premier soir, Angèle prépara un paquet entier de pâtes, sans se soucier des quantités.

Le lendemain, elle se fit un hamburger à peine cuit, simplement posé entre deux tranches de pain.

Céline comprit rapidement que l'évaluation de Julie était fausse.

Elle devait tout reprendre avec Angèle, qui ne semblait pas avoir eu la moindre préparation en autonomie.

Comment Julie avait-elle pu valider son évaluation ?

Mais au lieu de baisser les bras, Céline prit le temps de l'accompagner et de l'encourager.

Petit à petit, Angèle fit des progrès et commença à apprécier son stage.

Ce rapprochement entre Céline et Angèle ne plaisait pas du tout à Soraya.

Dès qu'elle en avait l'occasion, elle passait à l'appartement pour donner son avis et interférer dans l'accompagnement.

Après deux semaines de stage, Angèle avait un rendez-vous médical.

Lors d'une réunion, il avait été acté qu'elle irait seule en transport, ce qui la remplissait de fierté. Ce jour-là, la pluie tombait en abondance, Angèle était venue dire bonjour aux

159

éducateurs du foyer avant de rejoindre l'appartement d'à côté.

Céline en profita pour lui rappeler de ne pas oublier sa carte vitale.

Mais Angèle, qui avait des problèmes d'auditions, lui montra alors son pass navigo en lui répétant — je sais me débrouiller — avant que Céline lui reformule la question.

Soraya, qui était arrivait dans le bureau au moment de leurs échanges, se mit à souffler et, précipitamment, alla directement voir Mme Dorée pour demander à accompagner Angèle.

— Elle est toute trempée, la pauvre, je vais l'emmener à son rendez-vous.

Mme Dorée, sans même consulter l'intéressée ni même Céline, référente du projet, accepta immédiatement.

Céline, qui avait tout entendu, resta perplexe, puis tenta de raisonner Soraya :

— Elle est capable d'y aller seule.

Mais Soraya, méprisante, répondit sèchement : — Tu n'es pas ma cheffe, j'ai déjà l'aval de Mme Dorée : as-tu vu comme elle était trempée ? Vous, vous ne savez que rester affalées sur vos chaises.

Céline répondit sans détour :

— Si elle est trempée c'est qu'elle a été au travail ce matin sans parapluie, de toute façon la pluie s'est arrêtée, regarde !

Le ton monta.

La dispute fut si intense que les deux furent convoquées dans le bureau de la grande cheffe.

Céline tenta d'expliquer ses arguments en faveur de l'autonomie d'Angèle, mais ils furent balayés d'un revers de main.

Mme Dorée donna raison à Soraya sans même chercher à comprendre.

C'en était trop.

Céline, hors d'elle, explosa en sanglots.

Pourquoi refusait-on d'entendre son discours sur l'émancipation des résidents ?

Pourquoi privilégiait-on encore une approche infantilisante ?

Elle était à deux doigts de quitter son poste, prête à claquer la porte.

Heureusement, Corinne et Lahoussine étaient là, prêtes à intervenir avant que Céline ne commette l'irréparable. Corinne, la voix tremblante, avait saisi sa main :

— Tu ne peux pas abandonner maintenant ! Soit forte ma belle !

Toutes deux redessinaient devant elle la raison même pour laquelle elle avait choisi ce métier : offrir aux plus fragiles un accompagnement humain, fait de confiance et de respect.

En prenant du recul, Céline réalisa que sa colère et sa frustration étaient des signaux d'alarme, pas des raisons d'abandon.

Au retour du médecin, Soraya alla encore plus loin.

Elle ramena elle-même le sirop et le Doliprane d'Angèle et décida qu'elle gèrerait ses prises de médicaments.

— Tu viendras me voir ce soir, je te donnerai tes médicaments.

Comme si Angèle n'était pas capable de le faire seule.

Mais le pire arriva quand Céline, Lahoussine et Corinne furent témoins d'une scène effarante.

Angèle se rendit au foyer avec une cuillère à soupe.

Soraya prit le flacon de sirop, remplit la cuillère et la tendit à Angèle...

— Ouvre la bouche !

Elle lui administra elle-même le sirop, comme à un bébé.

Lahoussine, écœuré, s'exclama :

— Non, mais tu as vu ça ? C'est à vomir !

Corinne et Céline n'en revenaient pas.

Tous les résidents avaient vu cette scène.

L'échec du stage et la machination de Julie et Soraya

Il ne restait que deux semaines avant la fin du stage, et l'appartement-test semblait prêt à révéler tout son potentiel.

Pourtant, Julie et Soraya, incapables de supporter que Céline en soit responsable, mirent en place une véritable stratégie d'obstruction. Chaque soir, elles se glissaient auprès d'Angèle pour y semer le doute :

— Tu t'ennuies, non ? lui demanda Julie.

— Ce n'est pas fait pour toi, lui répétait en boucle Soraya.

Chuchotaient-elles, prenant soin de masquer leur sourire en coin.

Dans l'ombre, elles détruisirent tous les points positifs qu'elles avaient pourtant validés lors de l'évaluation initiale. Puis, fidèles à leur plan, elles rapportèrent à Mme Marino qu'Angèle n'était finalement pas capable de vivre en autonomie.

Sous cette pression subtile, mais constante, Angèle finit par croire à ses propres limites. Dans un dernier souffle d'abnégation, elle demanda l'arrêt immédiat de son stage.

Julie et Soraya venaient de remporter leur victoire : le projet d'Angèle réduit à néant.

Céline, dégoûtée, vit s'effondrer des semaines de travail. Elle savait pertinemment qu'Angèle aurait réussi, si seulement les intérêts personnels de ces deux éducatrices ne l'avaient emporté sur le bien-être d'une résidente.

Pire encore : ce schéma se répéta inlassablement. On récompensait celles et ceux qui maintenaient les résidents dans la dépendance, et on écartait les professionnels qui rêvaient de leur autonomie.

Quand Céline rentra chez elle, elle était écrasée par un

sentiment d'impuissance : non seulement son projet avait échoué, mais elle prenait conscience de l'ampleur de la manipulation parfois machiavélique qui régnait au sein de l'équipe.

CHAPITRE 25

L'ambiance au sein de l'établissement était devenue encore plus oppressante. Et avec l'appui de Mme Dorée, leurs collègues avaient renforcé leur position et semblaient plus déterminés que jamais à les faire tomber.

La nouvelle directrice adjointe était devenue le bouclier derrière lequel l'équipe adverse pouvait se retrancher en toute impunité. Ses prises de position partiales et son attitude condescendante laissaient peu de doute quant à son alignement.

Mais ils n'avaient pas encore mesuré jusqu'où elle était prête à aller.

Jusqu'à cette réunion, où Corinne allait en faire les frais.

L'ordre du jour portait sur l'organisation des départs en vacances d'été. Mme Marino était en congé, c'est donc Mme Dorée qui présida la réunion.

Mme Dorée demanda à Corinne, en tant que monitrice éducatrice, de faire un retour sur le tableau des choix des résidents.

— Nous devons anticiper la grande affluence des vacances. Pouvez-vous me dire où vous en êtes sur les choix des résidents ?

Corinne consulta ses notes et répondit d'un ton calme, mais direct :

— Le tableau n'est pas du tout complété. J'ai seulement cinq résidents qui ont fait leurs choix.

Un silence pesant tomba sur la pièce.

Mme Dorée plissa les yeux, puis lâcha d'un ton sec :

— Et pourquoi cette information ne nous parvient-elle que maintenant ? Vous faites de la rétention d'informations, Corinne.

Corinne sentit son estomac se nouer.

Elle n'en croyait pas ses oreilles.

— De la rétention d'informations ? répéta-t-elle, stupéfaite. J'ai sollicité à plusieurs reprises les référents projets, ce sont eux qui sont au plus proche des résidents et qui peuvent les conseiller. Mais quasiment personne n'a répondu !

Mme Dorée croisa les bras, visiblement peu convaincue.

— Je trouve cela très étonnant. Nous sommes déjà en mars et vous me dites qu'aucun éducateur n'a pris le temps de discuter avec les résidents de leurs vacances ?

Corinne sentit la colère monter en elle.

Elle avait passé des semaines à relancer les référents projets. Elle avait organisé avec les éducateurs un forum en janvier pour aider les résidents à choisir leur destination, leur expliquant que les places des séjours spécialisés pour personnes en situation de handicap étaient très prisées et partaient très vite.

Mais rien.

Aucune implication des éducateurs concernés.

Et maintenant, on la pointait du doigt.

— Je ne comprends pas ce qui vous étonne, Mme Dorée.

Elle planta son regard dans le sien et continua :

— Expliquez-moi comment des éducateurs qui travaillent au quotidien avec les résidents n'ont même pas évoqué leurs vacances avec eux, même de manière informelle ! S'intéressent-ils vraiment à eux ?

Un frisson parcourut la salle.

Mme Dorée fronça les sourcils.

— Vous êtes de mauvaise foi, Corinne.

Ce fut la phrase de trop.

Corinne explosa.

— De mauvaise foi ?! Non, Mme Dorée, je vais vous dire ce qui est de mauvaise foi : continuer à travailler avec une équipe pourrie qui ne fait que de la rétention de travail depuis des années !

La salle entière se figea.

— Ils ne sont même pas gênés de ne pas pondre un écrit de trois lignes ! Céline a le même problème avec les suivis de projets, mais ça, personne ne dit rien !

Mme Dorée se leva immédiatement, faisant de grands gestes.

— Certains ici posent problème.

Céline était subjuguée par l'aplomb de Corinne.

Mais elle comprit immédiatement le danger et lui fit signe d'arrêter.

Mme Dorée quitta la salle, immédiatement entourée des éducateurs venus la soutenir

Dans les couloirs, des murmures fusèrent.

— Je vous l'avais bien dit.

— Oh là là, mais quel spectacle !

Trois jours après l'incident, Corinne reçut une lettre en recommandé.

Un jour de travail lui était retiré avec une mise à pied.

Quelques jours plus tard, elle reçut un avertissement officiel pour insubordination.

Lahoussine en rit presque.

— Je crois que même si une catastrophe arrivait dans le foyer, ce ne serait jamais pris au sérieux.

Il leva les yeux au ciel et ajouta :

— Mais la moindre erreur de notre part... On nous tombera dessus. Toujours les mêmes scénarios, les mêmes ficelles, juste avec des acteurs différents. »

Céline, elle, était bouleversée.

Après tout ce qu'elle avait vu et entendu, après toutes les injustices qu'elle avait dénoncées, cette sanction prouvait une chose : rien ne changerait jamais.

Tout s'accumulait en elle.

La fatigue.

Le stress.

Ses propres remords depuis le départ de Tristan.

Elle savait qu'elle ne tiendrait plus longtemps.

Elle prit alors une décision radicale.

Elle alla voir son médecin.

Elle lui raconta tout.

Il l'écouta en silence, puis lui suggéra une coupure d'un mois.

— Prévenez la médecine du travail.

Ce qu'elle fit immédiatement, elle avait besoin de parler, d'évacuer toute cette pression qu'elle ressentait.

Lahoussine, épuisé lui aussi, fit de même, lui qui n'avait quasiment jamais manqué un jour de travail, mais pour certains résidents son absence inhabituelle était devenue au fil des semaines perturbante. Ils n'arrêtaient pas de questionner les éducateurs qui n'en avaient cure, préférant à chaque fois botter en touche ou par des réponses méprisantes.

Lorsque Lahoussine et Céline revinrent, ils furent accueillis par des résidents visiblement heureux et soulagés de les retrouver. Mais pour eux, une seule question restait en suspens : quelle nouvelle aberration allaient-ils découvrir ?

Il leur suffit de parcourir les comptes-rendus des réunions

pour comprendre l'ampleur du problème. Un point, en particulier, les fit bondir : une résidente avait été jugée « non compatible » avec la structure et accusée de manquer d'investissement dans son projet de vie.

Pourtant, lorsqu'ils allèrent la voir, ils découvrirent l'impensable : sa chambre était envahie par quatre sacs poubelles de linge sale, et elle n'avait vu aucun éducateur depuis un mois.

— Personne n'est venu te voir ? demanda Céline, sous le choc.

— Non ! répondit la résidente.

Céline sentit la colère monter en elle. Comment pouvaient-ils porter un tel jugement sans même accompagner la résidente ? Cette jeune femme se montrait pourtant parfaitement autonome dès lors qu'on la guidait et qu'on lui accordait sa confiance.

 Lahoussine était hors de lui.

Ils décidèrent d'aller parler à Mme Dorée.

Ils la virent dans le couloir, elle refusa d'abord de les recevoir, prétextant être pressée par une réunion.

Puis, après insistance, elle leur accorda deux minutes.

Elle les écouta d'un air blasé, haussa les épaules et déclara :

— C'est elle qui n'a pas sollicité les éducateurs.

Lahoussine ne put s'empêcher de réagir.

— Donc maintenant, c'est aux résidents de venir supplier

pour qu'on les aide s'ils en ont besoin ? Vous entendez ce que vous dites ? Il y a des comportements qui posent question !

Mme Dorée resta de marbre.

Elle le fixa et répondit calmement

— Vous savez, je peux aussi trouver des choses négatives sur vous.

Lahoussine la fixa droit dans les yeux.

— Si vous avez des choses négatives, voire de la maltraitance à me reprocher, alors allez-y. Faites-le. Parce que c'est votre rôle. Vous êtes censée protéger les résidents.

Il insista sur le mot « résident » en la regardant s'éloigner, lui tournant déjà le dos.

Il savait que rien ne changerait.

Mais cette fois, il était peut-être venu le temps d'agir autrement.

CHAPITRE 26

Depuis des mois, le foyer était gangrené par les conflits internes, mais jusque-là, les résidents n'avaient été que spectateurs. Ils assistaient aux tensions sans réellement comprendre, voyant les éducateurs se diviser sans trop savoir qui croire ni comment réagir.

Mais aujourd'hui, ils n'étaient plus aveugles.

Ils avaient observé, écouté, comparé.

Petit à petit, les pièces du puzzle s'étaient assemblées.

Ils savaient bien qui les respectait vraiment et qui les considérait comme des enfants incapables de penser par eux-mêmes.

Eux aussi en avaient assez.

Certains résidents avaient décidé de ne plus se taire.

Ils refusaient désormais de participer aux activités proposées par certains éducateurs.

Les non-dits s'étaient transformés en prises de position claires.

Des groupes se formaient spontanément, préférant s'inscrire uniquement aux sorties organisées par Céline, Corinne et Lahoussine.

D'autres exprimaient ouvertement leur lassitude face au manque de respect qu'ils subissaient.

Mais certains n'avaient pas attendu cette guerre entre éducateurs pour dénoncer ce qu'ils vivaient.

Depuis longtemps, certains résidents avaient pris l'initiative de contacter des organismes extérieurs pour parler de la maltraitance qu'ils subissaient.

Ils avaient composé le 3977, le numéro national de lutte contre la maltraitance.

Là-bas, on les avait écoutés.

Un résident s'était plaint qu'on ne cessait de le tutoyer malgré ses demandes répétées de le vouvoyer.

Une résidente avait confié qu'on traitait certains résidents comme des bébés, qu'on leur parlait avec condescendance, et que certains éducateurs étaient parfois violents, autant dans leurs propos que dans leurs actes.

Mais jusqu'à présent, personne n'avait pris ces plaintes au sérieux.

Mais cette fois, quelque chose allait changer.

Corinne, à bout de force après tout ce qu'elle avait vu et subi, décida de demander de l'aide.

Elle aussi composa le 3977.

Elle voulait dénoncer ce que vivaient les résidents, mais aussi les répercussions pour ceux qui tentaient de les protéger.

À l'autre bout du fil, une dame l'écouta attentivement, puis lui fit une révélation troublante.

— Vous savez, vous êtes loin d'être la première à nous appeler au sujet de votre établissement.

Corinne fronça les sourcils.

— Comment ça ?

— Beaucoup de résidents nous contactent. Et toujours en mentionnant les mêmes prénoms en prétendant que la direction ne les croyait jamais. Jusqu'à présent, chaque fois que nous avons tenté d'intervenir, on nous a répondu que les résidents exagéraient, qu'ils ne comprenaient pas bien ce qu'ils vivaient. »

Corinne sentit son sang se glacer.

Elle savait que certaines situations étaient réelles

Mais elle ne se doutait pas à quel point.

— Une résidente et son compagnon nous ont même raconté une histoire qui nous a marqués. Une histoire qui s'est passée il y a deux mois, le soir de la Saint-Valentin.

La voix de la dame changea de ton, plus grave, plus préoccupé.

Corinne écouta, figée, comme si le récit qui se déroulait sous ses yeux était tiré d'une scène de film.

Voici ce que raconta Laura à la dame du 3977.

Laura qui était au restaurant du supermarché près de l'établissement, en plein dîner de saint Valentin, en regardant la carte des menus, s'était rendue compte qu'elle n'avait pas assez d'argent pour payer son repas.

Elle avait appelé le foyer pour prévenir qu'elle reviendrait chercher le reste des sous, mais plutôt que de la laisser gérer la situation, Mme Marino avait immédiatement envoyé Stephen pour « réparer » la situation.

Et Stephen, trop heureux de jouer les sauveurs, de faire un constat d'échec.

En arrivant au restaurant, il avait crié :

— Bonsoir ! Je viens payer pour eux !

Tous les regards s'étaient tournés vers Laura.

Elle avait rougi de honte, baissant immédiatement la tête.

Même le propriétaire, gêné, avait murmuré :

— Mais… Je les connais, il n'y avait pas d'urgence, ils viennent manger une fois par mois les dimanches midi, les prix du soir sont différents surtout le 14 février. J'avais déjà vu avec eux pour la prochaine fois où ils reviendraient.

Mais Stephen n'écoutait rien.

Il posa bruyamment l'enveloppe sur le comptoir, convaincu d'avoir accompli une mission héroïque.

Les ramenant alors en véhicule

Laura, elle, était brisée.

Lorsque la dame du 3977 termina son récit, Corinne avait le souffle court.

Elle comprenait à quel point la situation était grave.

Elle ne pourrait pas fermer les yeux.

Mais rassurer par la capacité des résidents de s'exprimer quand bien sûr ils étaient questionnés.

Celine et Lahoussine furent remotivés par le discours de cette dame quand Corinne leur apprit la nouvelle.

Lahoussine avait aussi une histoire très drôle d'une résidente avant son départ définitif de la structure.

Le départ de M. Didier et sa petite revanche silencieuse

Le Covid avait laissé des traces chez plusieurs résidents, et M. Didier n'avait pas été épargné. Déjà fragile, il avait très mal vécu le confinement. Depuis, ses capacités cognitives avaient diminué : il était plus lent, marchait difficilement et, surtout, il ne voulait plus travailler. Une réorientation devenait inévitable.

Contrairement aux autres membres de l'équipe avec qui il parlait peu, M. Didier avait tissé un lien fort avec Lahoussine. Ce dernier prenait toujours du temps pour lui, passait dans sa chambre, s'asseyait parfois à ses côtés pour regarder la télévision en silence. Il comprenait M. Didier sans avoir besoin de longs échanges.

Mais un phénomène étrange s'était installé : les week-ends où Céline, Corinne ou Lahoussine étaient absents, M. Didier devenait soudainement incontinent. Chaque lundi matin, les éducateurs du week-end se plaignaient :

— Encore des accidents avec M. Didier ce week-end, il va falloir trouver une solution…

Mais ce problème ne se produisait jamais quand Céline ou Lahoussine étaient présents. Cela intriguait les deux collègues, qui cherchaient à comprendre.

Un départ bienvenu.

Le départ de M. Didier en EHPAD avait été programmé pour le début d'année. Un grand changement, mais pour lui, c'était un soulagement.

Il ne parlait pas beaucoup, mais son comportement en disait long. Lorsqu'il quittait le foyer, il ne manifestait aucune tristesse. Son regard balayait une dernière fois les lieux sans émotion particulière, et une fois installé dans le véhicule qui l'emmenait, il s'était contenté de hocher doucement la tête, comme satisfait.

Céline et Lahoussine avaient pris soin de déménager ses affaires et de l'accompagner jusqu'à son nouvel établissement. Dans sa nouvelle chambre, il s'était assis, observant les soignants qui passaient, et n'avait montré aucune opposition au changement. C'était une transition naturelle pour lui.

Quelques semaines plus tard, Mme Marino, accompagnée de Stephen et Soraya, avait décidé de lui rendre visite.

— C'est bien de prendre des nouvelles, ça va lui faire plaisir, affirmait Mme Marino en montant dans la voiture.

Arrivés à l'EHPAD, ils furent accueillis par une aide-soignante qui les conduisit à la chambre de M. Didier.

Quand ce dernier vit le trio entrer, son expression changea immédiatement. Son visage se ferma, ses traits se figèrent. Son regard s'éteignit presque instantanément. Il se replia légèrement sur lui-même, s'affaissant dans son fauteuil.

— Bonjour, M. Didier ! Comment tu vas ? lança Stephen, essayant d'avoir l'air enjoué.

Rien.

Aucune réponse, aucun clignement d'œil. Il restait là, silencieux, immobile, fixant un point invisible devant lui.

— C'est nous, tu nous reconnais ? tenta Soraya, une pointe d'inquiétude dans la voix.

Toujours rien.

Il ne bougeait pas, ne réagissait pas, comme s'ils n'existaient pas.

— Il est vraiment mal… murmura Soraya à Mme Marino.

— Tu as vu ? Il ne nous reconnaît même pas ! Ça doit être pire que ce qu'on pensait… ajouta Stephen.

Ils restèrent encore quelques minutes à tenter d'obtenir ne serait-ce qu'un regard de sa part. Rien.

Finalement, ils quittèrent la chambre, profondément préoccupés.

— C'est triste… On dirait qu'il a complètement perdu pied, souffla Mme Marino sur le chemin du retour.

Une fois au foyer, elle annonça à l'équipe :

— M. Didier est vraiment mal… Il ne nous a même pas reconnus !

Lahoussine mène l'enquête

Quand Lahoussine entendit cette déclaration, il trouva cela

étrange. M. D mal ? Lui qui était si calme et apaisé avant son départ ?

Il décida alors d'aller lui rendre visite à son tour, accompagné de quelques résidents.

Dès qu'il entra dans la chambre, M. Didier leva lentement la tête.

Son visage s'illumina instantanément. Il se redressa légèrement et tendit la main.

— Wesh Lahoussine !!

C'était leur code. Son regard pétillait, et son sourire était franc.

Il leva sa main pour faire un check avec lui, puis tourna la tête vers les résidents. Il les salua un par un, posant brièvement sa main sur leur bras, hochant la tête en guise de bienvenue. Il se souvenait de tout le monde.

Il désigna ses affaires du bout du doigt, montrant ses nouvelles habitudes dans l'EHPAD, toujours sans parler beaucoup, mais avec une posture détendue.

Lahoussine n'en revenait pas.

Sur le chemin du retour, il était secoué de rire.

En arrivant au foyer, il fonça vers Céline et Corinne.

— Les filles, j'ai compris… M. Didier ne voulait pas les voir !

— Quoi ? s'exclama Céline, intriguée.

— Je te jure ! Il a fait exprès de leur pourrir leurs week-ends en faisant sur lui. Il ne voulait même plus leur dire bonjour, alors quand ils sont venus à l'EHPAD, il a préféré faire l'amnésique plutôt que de leur parler !

Un silence, puis un éclat de rire général.

— Je n'y crois pas ! s'exclama Corinne en tapant sur la table.

— Il a poussé le truc jusqu'au bout… ajouta Céline, les larmes aux yeux de rire.

— Je te jure, reprit Lahoussine. Il les a regardés comme des inconnus, alors que moi, il m'a sauté dessus avec un « Wesh Lahoussine ! » et un check !

Et c'est ainsi que M. Didier, dans un silence stratégique, avait réussi sa petite vengeance, démontrant qu'il n'était peut-être pas aussi affaibli que certains voulaient le croire…

C'était en fait une revanche non verbale de M. Didier pour montrer son mécontentement et son agacement avec ceux dont' il n'appréciait pas leurs accompagnements souvent froids et autoritaires.

Mais il n'était pas le seul à réclamer le respect de ses droits, ce qui avait plus de facilité à exprimer leurs mécontentements par écrit, n'était jamais pris au sérieux par l'équipe éducative et la direction.

CHAPITRE 27

Chaque fois que Céline et Lahoussine tentaient d'exprimer leur colère face aux situations de maltraitance de certains collègues, leurs efforts restaient vains. Ils se heurtaient constamment à un mur. Eux-mêmes subissaient de plus en plus constamment des déstabilisations.

Un jour, ils emmenèrent un groupe de résidents à Paris en transport en commun. Le même jour, un autre éducateur y alla… en voiture. Pourtant, en réunion, il avait bien été convenu de privilégier les transports collectifs. L'idée était de responsabiliser les résidents.

Alors en réunion, Lahoussine demanda :

— Est-ce normal ? Que sur la même journée deux sorties soient organisées au même endroit, sachant que la journée de transport est prévue depuis des semaines sur la base du volontariat, quel message envoie-t-on aux résidents qui s'y sont inscrits, pendant qu'un groupe par le même jour sur un coup de tête est en Traffic qui plus est sans feuille de route ? Que se passe-t-il en cas d'incident pour l'un des deux groupes pour savoir lequel est concerné ?

Malgré la pertinence de ses questions, Mme Dorée et Mme Marino n'y virent que de la jalousie, elles firent même semblant d'avoir été prévenues par Stephen afin de décrédibiliser les propos de Lahoussine.

Peu à peu, Lahoussine, Céline et Corinne commencèrent à douter. Ils s'interrogeaient : ce combat en valait-il vraiment la peine ? Et pourtant, c'était bien l'accompagnement et la reconnaissance des résidents qui leur donnait encore de la force.

Le mois de septembre pointait à peine le bout de son nez que déjà une nouvelle majeure venait bousculer le quotidien du foyer : l'annonce de l'évaluation de la Haute Autorité de Santé. Une démarche redoutée, car elle visait à analyser le respect des droits fondamentaux des personnes accompagnées au sein de l'établissement.

Lors d'une réunion exceptionnelle, Mme Marino se leva d'un pas hésitant. D'une voix tendue, elle annonça la nomination d'un directeur délégué, envoyé par l'association pour piloter l'évaluation et préparer l'établissement à un véritable passage au crible.

À chaque mot, son regard fuyait vers la baie vitrée, ses mains se crispaient sur la table. Une peur sourde voilait son visage : la crainte de perdre le contrôle, de voir leurs pratiques minutieusement examinées.

Autour de la table, un silence pesant s'installa, bientôt brisé par une pluie de questions. L'équipe, partagée entre anxiété et agitation, pressentait déjà l'étau qui se resserrait sur eux.

Seuls Céline, Corinne et Lahoussine accueillirent la nouvelle avec un certain soulagement, en se souriant mutuellement. Peut-être, enfin, cette évaluation allait-elle mettre en lumière les dysfonctionnements qu'ils dénonçaient depuis des mois. Peut-être allait-on enfin entendre leurs voix et reconnaître que certaines postures professionnelles n'étaient pas compatibles avec les bonnes pratiques attendues.

Dans ce climat déjà tendu, un nouveau résident fit son entrée : Safi. Jeune, au langage cru, souvent provocateur, mais derrière ses mots se cachait une histoire, une enfance rude, un environnement où la vulgarité était la norme. Ce n'était pas de l'agressivité, simplement le seul mode de communication qu'il connaissait.

Stephen avait été désigné comme référent de Safi. Très vite, la relation tourna à l'affrontement. Le jeune homme ne se laissait pas dominer, il répondait, il interpellait, ce qui dérangeait profondément Stephen. Pourtant, avec Céline, tout était différent. Elle avait su l'écouter, le comprendre, et surtout, adapter sa communication. En sa présence, Safi faisait des efforts de langage, modérait ses propos. Cette proximité entre eux exaspérait Stephen, qui se sentait déstabilisé dans son autorité.

Un soir, Safi se confia à Lahoussine.

— Hé, tu sais l'autre, je ne l'aime pas. Il parle mal. Hier, il m'a dit : « Si tu n'es pas content, on fait un tête-à-tête dehors ou je ramène mon fils ! » »

Lahoussine resta figé. Une menace proférée par un éducateur, c'était inacceptable. Il promit d'en parler dès la prochaine réunion.

Le lendemain, lors de cette réunion, Stephen prit les devants, sans filtre. Il raconta l'altercation en tentant de désamorcer le fond du problème.

— Safi était avec Natacha. Je lui ai demandé de monter se doucher. Il m'a envoyé balader, alors j'ai dit : « Si tu n'es pas content, on règle ça dehors ou je ramène mon fils. »

Rires autour de la table. Les éducateurs présents riaient de bon cœur, Mme Marino esquissa un sourire, Mme Lisa, la psychologue, resta silencieuse. La secrétaire ajouta que Safi était agressif, vulgaire, difficile à gérer.

Seuls Corinne et Lahoussine totalement choqués des attitudes des membres de l'équipe s'interdirent de rétorquer, cela aurait encore tourné au conflit et ils auraient une fois de plus été traités de fauteurs de troubles. Ils attendaient, mais aucun mot ne vint condamner les propos de Stephen. Aucun rappel à l'éthique. Pire encore, on normalisait une menace de confrontation physique envers un résident.

Le lendemain, Corinne et Lahoussine racontèrent la scène à Céline. Elle resta bouche bée.

— Mais comment peut-on banaliser ça ? C'est abject ! Safi n'est pas violent. Il parle comme il sait parler. Et personne ne comprend que c'est à nous de lui montrer un autre langage, pas de lui répondre par des menaces ?

Son écœurement grandissait de jour en jour. Trop de situations passaient sans jamais être reprises, sans remise en question. Elle décida alors de rencontrer le nouveau directeur. Lors de sa prise de poste, elle lui demanda un entretien, où elle déballa tout ce qui lui paraissait contraire aux bonnes pratiques professionnelles. Il l'écouta attentivement, prit des notes et lui promit d'agir. Un léger soulagement se fit sentir.

Dans les semaines suivantes, l'évaluation de la HAS devint

le centre des préoccupations. Mme Marino et Mme Dorée, jusque-là peu investies dans les procédures, s'affairaient soudainement à combler les manques, rédiger les protocoles absents, mettre en place des outils de traçabilité à la hâte. Une agitation de façade pour masquer des années d'approximation.

Pendant ce temps, Céline et Lahoussine, bien qu'épuisés, tentèrent de garder le cap pour les résidents. Avec Corinne, ils décidèrent d'organiser une grande soirée Halloween. L'idée était simple : créer un moment de cohésion, de joie, de légèreté. Ils imaginèrent un escape game divisé en trois espaces : une salle d'énigmes, une autre où les résidents devaient plonger leurs mains dans des boîtes les yeux bandés, et enfin, une dégustation d'insectes grillés, le clou du spectacle.

Les résidents, enthousiastes, participèrent avec un plaisir évident, ils avaient convié tous leurs amis, si bien que l'établissement était bondé de gens costumés. Malheureusement, comme à chaque activité portée par le trio, le reste de l'équipe boycotta ostensiblement l'événement. Certains avaient pris des heures pour ne pas être présents. D'autres restèrent assis dans un coin, sans participer. Pire encore, à 19 heures précises, alors que les jeux battaient leur plein, certains éducateurs vinrent interrompre l'activité.

— Bon, c'est fini, faut aller servir les repas !

Cette phrase, brutale, résonna comme un affront. Toute la magie du moment s'effondra. Il fallut précipiter la fin du jeu, bâcler l'animation, oublier même l'élection du meilleur costume. Alors que cela devait être un repas dînatoire, les éducateurs leur demandèrent de sortir des couverts, ce qui eut un effet boule de neige sur une partie de la soirée, avec des résidents frustrés de se retrouver à faire la vaisselle, car c'était leur jour. Encore une fois, tout avait été gâché volontairement, dans le seul but de décrédibiliser leur travail frustré par l'énergie et l'ambiance que dégageait cette soirée.

Ce fut un déclic pour Céline. Elle savait à cet instant qu'elle ne voulait plus être dans cette équipe. Lorsqu'elle fit part de son ressenti à Lahoussine à la fin de la fête, il répondit instantanément :

— Vas-y, c'est parti, je te suis ! Moi aussi j'en ai marre !

Le départ prématuré de Safi résonnait encore dans son esprit. Ses paroles, cinglantes, revenaient en boucle :

— Moi, je sais pourquoi je suis ici : pendant trois semaines, on ne m'a jugée que sur mes défauts. Mais eux, savent-ils seulement pourquoi ils sont là ? Je ne crois pas. Et je ne remettrai plus jamais les pieds dans cet endroit.

Puis, la voix tremblante d'amertume, il avait enchaîné :

— Ce n'est pas à cause de toi ni de Lahoussine, c'est à cause des autres. Même Mme Dorée m'a mal parlé : elle les croit, ne prend que la défense des autres, c'est pas juste !

Noël approchait à grands pas, et l'ambiance sous l'impulsion de Céline et ses décorations au foyer commençait doucement à prendre des couleurs festives. Les couloirs s'égayaient de guirlandes, les résidents s'impliquaient avec enthousiasme dans les préparatifs, et une effervescence particulière s'installait.

Lors d'une réunion organisée avec Mme Dorée, l'équipe fut sollicitée pour discuter des traditionnels cadeaux de Noël destinés aux résidents. Chacun y alla de son idée, et rapidement, les débats se cristallisèrent. Lahoussine prit la parole pour proposer une démarche simple et égalitaire : offrir à chaque résident un coffret de soins, composé de savons et de produits d'hygiène, utiles au quotidien.

— Ce serait l'occasion de répondre à un besoin constaté par l'équipe, et tout le monde recevrait le même type de cadeau. Ça éviterait les comparaisons, les jalousies et les malentendus.

Mais cette idée ne fit pas l'unanimité. Julie et Soraya, suivies par d'autres, préférèrent défendre l'option des cadeaux personnalisés, soi-disant plus humains et attentionnés.

Lahoussine insista calmement :

— À chaque fois qu'on demande aux résidents ce qu'ils souhaitent, ils finissent par croire que ce sont les éducateurs eux-mêmes qui leur offrent les cadeaux, pas le foyer. Résultat, certains se sentent redevables envers tel ou tel éducateur, et ça crée des malaises.

Mme Dorée pour une fois sembla convaincue par cet argument et donna son accord à cette proposition plus institutionnalisée. Mais cette décision, comme tant d'autres, ne fut que temporaire.

Quelques jours plus tard, les vieux réflexes revinrent au galop. En coulisses, Soraya réussit à infléchir la décision en plaidant pour les cadeaux personnalisés. Mme Dorée, influencée, revint sur sa décision, et confia discrètement à Soraya l'organisation des achats.

Encore une fois, une décision pourtant actée en réunion fut modifiée selon les affinités, sans transparence ni respect du collectif.

Face à cette énième démonstration d'injustice, Céline, Corinne et Lahoussine ne dirent rien. Ils avaient appris à choisir leurs combats, et décidèrent de canaliser leur énergie ailleurs : dans la préparation du réveillon du Nouvel An.

Et cette fois, il ne serait pas question de laisser quiconque gâcher leur projet et celui des résidents.

Ils imaginèrent une soirée mémorable, chaleureuse et festive. Un moment de pur bonheur pour les résidents et leurs amis et conjoints, loin des tensions quotidiennes. Le programme fut soigné jusqu'au moindre détail : musique, animation, décoration… et surtout, le clou de la soirée, la venue de danseuses brésiliennes, pour faire vibrer le cœur des résidents et leur offrir une fin d'année spectaculaire, même les résidents les plus réfractaires aux fêtes c'était laisser prendre aux jeux. Ils dansèrent toute la nuit.

CHAPITRE 28

Profitant de l'arrivée du nouveau directeur et de son discours, Céline, Lahoussine et Corinne décidèrent de lui écrire un courrier directement :

« *Monsieur,*

Nous vous écrivons préoccupés et épuisés par ce que nous avons pu observer depuis plusieurs mois au sein du foyer d'hébergement. En effet, plusieurs situations relevées nous semblent contraires aux recommandations des bonnes pratiques.

Nous avons pu noter à de multiples reprises des situations nous posant question telles que des professionnels qui envoient des résidents récupérer des affaires personnelles dans leurs véhicules ou autre avec des injonctions telles que "va me chercher mon chargeur, mon sac, dans ma voiture"… pendant qu'eux-mêmes restent bien assis sur leur chaise.

Profitons-nous de la supériorité de l'éducateur sur l'usager ?

Des résidents du foyer d'hébergement sont souvent appelés par leur nom de famille sans utiliser un monsieur ou madame ou pire encore par des surnoms péjoratifs tels que "gros lard", "la grosse", "hé toi"…

Où se trouve le respect de la personne accompagnée et la distance professionnelle ?

De plus, nous avons déjà assisté à une situation pendant laquelle un professionnel s'est permis avant une réunion de résidents (dont au moins 25 résidents présents dans le réfectoire en attente de la cheffe de service) d'interpeller un usager en lui faisant des remarques désobligeantes par rapport à sa conduite. Où est la dignité de la personne accompagnée ? Car celui-ci a baissé la tête devant tous les autres de façon dépitée. Lors de cette même réunion, un professionnel a utilisé la trottinette d'un usager sans son consentement pendant qu'elle assistait à celle-ci.

Qu'en est-il du respect des effets personnels des usagers ?

Des courses sont faites plusieurs fois par semaine par un même professionnel avec la même résidente, sans même que la cheffe de service ou même l'équipe soit au courant si bien que lors d'un exercice incendie, personne ne savait où était le professionnel en question ainsi que le résident. De plus, cette résidente est en mesure de réaliser certains achats seuls.

N'est-ce pas une façon d'infantiliser la personne accompagnée et de ne pas la laisser prendre conscience de ses capacités et ainsi pouvoir s'autonomiser ? C'est pourtant un des objectifs principaux pour une majeure partie en foyer d'hébergement.

Nous demandons un engagement auprès des résidents lors du forum d'activité, tenu au mois de septembre, concernant une activité à choisir et de s'y tenir durant un an. Bilan fin mars, de certaines activités, qui se devaient d'être hebdomadaires, n'ont été faites à peine quatre fois depuis début octobre. Tenons-nous compte de l'organisation des résidents quant à leur semaine ?

Qu'en est-il des annulations de dernière minute décidées selon le bon vouloir de l'éducateur en charge de l'activité ?

Un usager s'est plaint auprès de nous ainsi qu'à sa référente ESAT, qui nous a joints par téléphone, d'une altercation avec son référent éducatif, il avait employé ces mots "viens on sort si tu veux". Lors de la réunion du 9 octobre, ce même professionnel a rapporté les faits en disant qu'il avait eu une altercation avec ce résident et qu'il lui avait proposé un tête à tête et par la suite il nous dit qu'il voulait l'étrangler, la grande majorité des professionnels présents ne furent pas offusqués de ces propos, cela n'a même pas été retranscrit dans le compte-rendu de la réunion et bien entendu depuis la version du professionnel a changé, ce serait le résident qu'il lui aurait demandé de sortir et de faire un tête à tête.

Ce que nous déplorons c'est que malgré toutes les nouvelles lois en faveur du respect de la personne en situation de handicap nous nous retrouvons face à des situations de "toute-puissance éducative".

Voilà quelques situations auxquelles nous devons nous accoutumer et qui ont déjà été discutées en équipe et avec la direction. Étant donné que nous n'adhérons pas à ce genre de pratique, nous sommes pris pour cibles et devenons des personnes gênantes, nous relevons seulement des faits et agissements contraires à notre éthique professionnelle ainsi qu'aux valeurs que veut transmettre l'association.

Certaines personnes vous persuadent que vous êtes la mauvaise personne dans l'histoire… Nous vivons dans un monde à l'envers où la personne bienveillante doit aller voir le psychologue pour supporter ce que fait la personne malveillante,

Merci de nous avoir lu,

Cordialement,

Céline, Lahoussine et Corinne »

Les semaines s'écoulèrent sans la moindre réponse à leur

courrier ; comme s'il avait été lancé dans l'océan, nul ne revenait vers eux. À chaque croisement, leur regard fuyait et leurs sourires se crispaient, trahissant un désir clair de les éviter.

Lorsque la réunion proposée par Mme Marino et le directeur intérimaire aborda l'organisation des auditions avec les évaluateurs, Céline, Lahoussine et Corinne comprirent brutalement qu'ils étaient à nouveau seuls : l'association ne les soutiendrait pas. Le calendrier prévu s'étalait sur trois journées complètes d'auditions — sauf pour eux : ils n'avaient droit qu'à une demi-journée chacun, alors que tous les autres bénéficiaient d'un créneau entier.

En découvrant son planning, Lahoussine pouffa de rire en direction du directeur et de Mme Marino :

— Je vous l'avais dit, tout est manipulé !

Le directeur, gêné, baissa la tête et feignit de ne pas avoir entendu. Mme Marino se contenta de rétorquer d'un ton rassurant :

— Mais pas du tout, vous voyez le mal partout !

On aurait pu penser que le groupe de Julie se réjouirait de voir leurs trois collègues marginalisés ; ce ne fut pas le cas. Ils étaient terrorisés à l'idée de se retrouver face aux évaluateurs. Devoir parler de leur méthode de travail. Depuis l'annonce de ce contrôle, l'ambiance autrefois si festive avec repas improvisés, éclats de rire dans le bureau, conversations animées, s'était totalement effondrée. Les doutes et l'angoisse avaient changé de camp : désormais, c'étaient les dirigeants et les éducateurs qui bizarrement craignaient d'être épinglés, pour un travail d'accompagnement censé être la base de leurs métiers.

La réunion à peine terminée, chacun quitta la salle, laissant derrière lui un silence pesant. Céline, le cœur serré par la déception, se dirigea sans un mot vers l'ordinateur du bureau éducatif. Ses doigts tremblaient alors qu'elle ouvrait sa boîte mail.

Quelques instants plus tard, Lahoussine et Corinne arrivèrent en riant, échangeant des commentaires sur cette nouvelle mise à l'écart de la direction. Mais en poussant la porte du bureau, ils croisèrent le regard de Céline, fermé et déterminé.

— Céline ? Tout va bien ? Qu'est-ce que tu fais ? s'inquiéta Lahoussine.

Sans même se retourner, elle frappa d'un coup sec sur le clavier :

— C'est fini. J'envoie ma demande de rupture conventionnelle.

Corinne, figée, laissa échapper un soupir :

— Attends… Tu veux dire que tu quittes l'association ?

Céline se redressa, le regard brillant de colère et de tristesse mêlées :

— Je n'y crois plus. Plus après tout ce qu'on a subi.

Lahoussine, abasourdi, balbutia :

— Vas-y, fais-la… Moi aussi, je ferai la mienne juste après.

Corinne secoua la tête, incrédule :

— Vous êtes sérieux ?

Céline valida l'envoi, puis se leva, apaisée dans sa résolution :

— Oui. C'est la seule issue.

Dans le silence lourd qui suivit, Lahoussine et Corinne échangèrent un regard un peu effaré… avant qu'à son tour Lahoussine se précipitât vers l'ordinateur.

En l'espace de quatre minutes, les deux mails étaient partis.

CHAPITRE 29

Les trois jours d'évaluation étaient enfin terminés.

Mais l'atmosphère qui régnait dans l'établissement était lourde, pesante, presque irrespirable.

L'équipe attendait avec fébrilité les conclusions des évaluateurs, espérant un bilan peu catastrophique, mais les visages fermés des experts visiteurs n'annonçaient rien de bon.

Lorsque le verdict tomba, ce fut un choc pour tout le monde.

L'accompagnement était jugé bâclé.

Les évaluateurs avaient noté trop de défaillances sur les droits des personnes accompagnées, des critères impératifs loin d'être respectés, et surtout, ils avaient recueilli des témoignages troublants de résidents qui allaient dans ce sens.

Les mots qu'ils employaient résonnaient exactement avec ce que Céline, Lahoussine et Corinne dénonçaient depuis des mois.

Les regards se tournèrent subtilement vers eux, mais aucun d'eux ne broncha.

Ils n'avaient plus besoin de parler.

Le rapport le faisait à leur place.

Mme Dorée et Mme Marino n'en menaient pas large.

Elles évitaient scrupuleusement de croiser les regards accusateurs de ceux qui les avaient prévenues bien avant.

Le masque de l'illusion d'un établissement bien géré venait de tomber en pleine lumière.

Lorsque les évaluateurs quittèrent enfin les lieux, la soupe à la grimace était généralisée.

Plus personne ne savait comment réagir.

L'équipe, qui s'était toujours convaincue d'être dans son bon droit, se retrouvait face à l'évidence :

Ils avaient échoué.

Depuis qu'ils avaient pris la décision de partir, Céline et Lahoussine se sentaient étrangement légers.

Comme si un poids immense s'était enfin détaché de leurs épaules.

Ils continuaient comme si de rien n'était, se consacrant aux résidents avec la même implication que d'habitude.

Mais cette fois, sans retenue, sans crainte des représailles.

Ils n'avaient plus rien à perdre.

Et cela se voyait.

Le mail de réponse à leur demande de rupture conventionnelle ne tarda pas.

Une semaine seulement après l'envoi, chacun reçut une convocation à un rendez-vous.

Corinne, persuadée que leur demande allait être refusée, s'étonna de la rapidité de la réponse.

Lahoussine, lui, y vit une confirmation.

— Tu vois Céline ? C'est drôle. Pour nos courriers officiels adressés au directeur, ils n'ont jamais daigné nous répondre. Mais pour nous dégager, là, ils sont efficaces.

Les paris allaient bon train.

Mais Céline, elle, était ailleurs.

Elle s'interrogeait sur la réaction des résidents une fois leur départ annoncé.

Elle savait que certains seraient bouleversés, qu'ils n'accepteraient pas cette décision aussi facilement.

Mais elle ne pouvait plus reculer.

Elle était fatiguée.

Fatiguée de voir les mêmes injustices se répéter, fatiguée de combattre sans jamais être entendue, fatiguée d'évoluer dans un système qui préférait protéger ses intérêts plutôt que les résidents.

Alors qu'elle se promenait avec Corinne et Lahoussine dans le petit jardin de l'établissement, Céline fit part à ses collègues de ce qu'elle avait sur le cœur. Une semaine plus tôt, elle avait reçu un appel de sa sœur.

Celle-ci, qui était proche d'une amie dont la mère travaillait dans l'ESAT où certains résidents étaient employés, lui avait fait une révélation troublante.

La mère de cette amie lui avait confié que Céline et plusieurs membres de l'équipe étaient sur la sellette.

Les ordres venaient directement d'en haut, et certains éducateurs s'en réjouissaient déjà.

Elle expliqua à Lahoussine qu'elle n'avait pas voulu en parler avant l'évaluation, de peur que cela n'influence son comportement et qu'il ne laisse éclater sa colère devant les évaluateurs.

Lahoussine et Corinne ne furent pas surpris.

Cela ne faisait que confirmer ce qu'ils savaient déjà : ils étaient devenus indésirables.

Lahoussine, loin d'être abattu, prit cela comme une raison de plus de partir.

Céline, pensive, continua à marcher en silence.

Puis, elle se tourna vers Lahoussine et lui posa la seule question qui restait en suspens.

— Tu es sûr de toi ? Tu vas vraiment partir ?

Lahoussine tourna légèrement la tête vers elle. Il n'avait aucun doute.

Mais avant qu'il ne puisse répondre, Céline reprit :

— Moi, ça fait longtemps que ma décision est prise. Mais toi, tu as trois enfants, une vie entière construite autour de ce travail. Tu t'es toujours battu pour que les choses changent. Est-ce que tu ne vas pas regretter de partir ?

Lahoussine s'arrêta un instant, fixant l'horizon d'un regard pensif, mais serein.

— Bien au contraire. Ma femme est totalement derrière moi. Elle sait que je me suis battu aussi loin que je le pouvais. Elle sait aussi que ça ne sert plus à rien.

Céline l'écouta, silencieuse.

Il croisa les bras, inspirant profondément avant de poursuivre :

— Si tu n'étais pas arrivée, je serais resté muet. J'étais déjà blessé, usé par mes anciens combats. J'aurais continué à faire mon boulot en silence, à me renfermer, sans plus rien espérer.

Son regard se posa directement sur elle.

— Mais tu m'as rappelé pourquoi je faisais ce métier.

Céline sentit une boule se former dans sa gorge.

Il poursuivit, avec une sincérité désarmante :

— Les structures sont devenues des enclaves. Le social d'avant, celui où le résident était au centre de tout, n'existe plus.

Un soupir traversa ses lèvres fatiguées.

— J'ai toujours connu des tensions dans les équipes. Pires que celles qu'on vient de vivre. Mais il y avait une différence. Peu importe nos conflits, une fois qu'il fallait bosser, tout le monde était au diapason. On se battait pour la même chose : le bien des résidents.

Il secoua la tête, l'air amer.

— Aujourd'hui, on ne se bat plus pour eux. On se bat pour protéger des intérêts personnels. Et ceux qui dénoncent ces dérives, ce sont eux qu'on pousse vers la sortie.

Le silence qui suivit fut lourd, puissant.

Céline et Corinne étaient bouleversées par la justesse de ses mots.

Elles savaient qu'il avait raison.

Lahoussine avait donné sa vie à ce métier. Il avait enduré des tempêtes bien avant leur arrivée. Mais même lui n'en pouvait plus.

Céline posa une main sur son bras, le regard empreint de respect.

Corinne, elle, esquissa un sourire triste, mais fier.

— Tu as raison. Et dans quelques années, tout le monde s'en rendra compte. Mais nous, on aura déjà tourné la page.

Comme à son habitude, elle finit par une blague rappelant la dernière altercation, entre Lahoussine et Stephen devant les évaluateurs.

— Quand tu lui as demandé pourquoi il avait autant d'animosité et qu'il s'est fâché en criant que tu le traitais d'animal au début je n'ai rien compris, puis j'ai capté et j'ai failli me pisser de dessus ! J'y vais ! annonça-t-elle, laissant Céline et Lahoussine hilares en la voyant zigzaguer.

Ce soir-là, pour la première fois depuis des mois, Céline rentra chez elle apaisée.

CHAPITRE 30

Il n'aurait fallu que deux jours avant que Céline et Lahoussine ne reçoivent une réponse favorable à leur demande de rupture conventionnelle.

Dans le mail, la phrase clé ne laissait aucun doute sur la volonté de l'association de se débarrasser d'eux sans tarder :

« Bien que n'étant pas à l'initiative de la rupture de votre contrat de travail, nous comprenons votre souhait, et de ce fait nous acceptons d'envisager une rupture du contrat de travail. »

Lahoussine, en lisant ces lignes, n'eut même pas besoin d'esquisser un sourire.

Il le savait depuis le début.

— J'en étais sûr.

Il regarda Céline, qui semblait encore un peu surprise par la rapidité de la réponse.

— Ne t'en fais pas, c'est nous qu'ils visaient. Ça fait longtemps qu'ils en rêvent. Je suis même convaincu que la mission du directeur intérimaire n'avait qu'un seul but : nous faire partir. L'évaluation externe ? Une excuse.

Céline croisa les bras, pensive.

Elle se demandait s'il n'avait pas raison.

Après tout, l'évaluation n'avait été qu'un désastre parmi tant d'autres.

Les résultats avaient été accablants, mais à bien y réfléchir, l'échec de l'institution n'avait jamais été leur priorité.

Lahoussine poursuivit, le regard rempli d'amertume :

— Pour certains, il vaut mieux un établissement où la maltraitance est invisible et silencieuse, qu'un établissement dynamique où les problèmes sont remontés avec un haut-parleur.

Céline ne pouvait qu'acquiescer.

Les évaluateurs eux-mêmes avaient noté une aberration dans leur rapport : en plus de deux ans, seules dix fiches d'incidents avaient été rédigées.

Un nombre dérisoire, qui montrait bien à quel point on étouffait les faits.

Lahoussine haussa les épaules, désabusé.

– Tu crois que les « gens d'en haut » ne savent pas que faire un signalement ici, c'est être fiché ? Ils ne se basent que sur ceux qui leur cirent les pompes. Elles sont belles, leurs valeurs.

Corinne, elle, n'était même plus étonnée.

Elle confirma le rôle joué en coulisses par ceux qui avaient voulu leur nuire.

— Je vous l'avais bien dit. J'ai entendu Mme Dorée en réunion avec les cadres et les représentants du personnel après le passage de la HAS. Elle criait à plusieurs reprises,

« Ce sont des saboteurs ! »

Lahoussine lâcha un rire amer.

— Tu m'étonnes. Pour eux, on a plombé l'évaluation. Comme si c'était nous qui étions responsables de la façon dont ils travaillent. Ils n'ont toujours pas compris que cette évaluation portait sur leur gestion, leur accompagnement, leurs méthodes.

Céline secoua la tête, écœurée.

— C'est abject. Ils ne se basent que sur les dires des gens qui leur conviennent, alors qu'ils sont censés protéger les résidents avant tout.

Lahoussine haussa les épaules, résigné.

— Dans ce secteur, c'est le nombre qui fait la différence. Ils pleurent dans les chaumières qu'on ne leur dit plus bonjour et obtiennent des sanctions pour ça. Mais est-ce qu'ils expliquent pourquoi ? Non. Qui nous écoute, au final ? Personne. »

Il marqua une pause, puis, plus grave, il s'adressa directement à Céline.

— Je dois te dire une chose. Je pense que mon passif avec mon ancienne équipe t'a porté préjudice. On nous appelait « les Tangas » parce qu'on ne se couchait devant personne. On défendait les résidents avant tout, sans jamais s'agenouiller pour un statut ou une promotion. Je crois que les « grandes gens » ont fait un amalgame du passé et t'ont mis dans le même sac.

Céline posa une main rassurante sur son bras.

— Tu n'y es pour rien. C'est moi qui pars de ce travail, pas l'inverse.

Elle prit une profonde inspiration, avant d'ajouter, le regard empli de détermination :

— Et d'ailleurs, je quitte le secteur pour de bon. Le médico-social, c'est une rose… avec des épines.

Corinne hocha la tête avec un sourire triste et resigné.

Elle savait combien cette décision était lourde.

Mais Céline ne regrettait rien.

Le jour du rendez-vous arriva plus vite qu'ils ne l'avaient imaginé.

Céline et Lahoussine avaient fait le choix de se faire assister mutuellement, voulant affronter cette dernière étape ensemble.

Lorsqu'ils pénétrèrent dans le bureau, un détail frappa immédiatement Céline.

La pièce était vide.

Pas une seule décoration, pas de dossiers empilés, rien.

Juste deux petites chemises, un stylo posé soigneusement sur la table.

Ils étaient attendus.

Le directeur intérimaire et la responsable des ressources humaines étaient déjà installés, impassibles.

Dès les premières explications, Céline n'écouta même pas.

Elle n'avait qu'une envie : signer et tourner la page définitivement.

Sans même jeter un œil aux documents, elle attrapa le stylo et signa.

Lahoussine, lui, voulait au moins comprendre les modalités de la rupture.

Il posa quelques questions, notamment sur le montant de l'indemnité, la prise en compte de ses congés accumulés et heures supplémentaires.

Lorsqu'il vit le montant final, un sourire en coin apparut sur son visage.

Il n'avait jamais vu une somme aussi généreuse pour une rupture conventionnelle.

C'était évident : ils voulaient se débarrasser de lui au plus vite.

Sans hésiter, il signa à son tour.

Le directeur, tentant une dernière manœuvre hypocrite, déclara avec une fausse bienveillance qu'il avait fait en sorte de les aider à obtenir cette rupture.

La responsable RH, elle, ne jouait pas la comédie.

Elle était froide, expéditive.

Elle n'était venue que pour boucler un contrat, serrée dans son tailleur et dans son état d'esprit.

Pas une seule fois, on ne leur demanda les raisons de leur départ.

Pas une seule fois, on ne s'inquiéta des motivations qui poussaient deux employés à quitter l'institution.

Leurs regards ne se posaient que sur le stylo.

Céline pouvait presque ressentir leur satisfaction, comme s'ils étaient convaincus d'avoir enlevé deux fruits pourris de leur panier déjà percé.

Tout fut plié en dix minutes.

Le départ serait dans un mois.

CHAPITRE 31

Les deux semaines de rétractation étaient passées.

Ni Céline ni Lahoussine n'avaient hésité une seule seconde.

Ils auraient pu faire marche arrière, mais au contraire, ils se sentaient plus libres que jamais.

Bizarrement, ce fut le mois le plus agréable qu'ils aient vécu depuis très longtemps.

Ils décidèrent de profiter au maximum de leurs derniers instants avec les résidents, comme si de rien n'était.

Ils s'étaient battus, avaient donné tout ce qu'ils pouvaient, et désormais, il ne leur restait plus qu'à savourer chaque moment.

Ils multiplièrent les sorties et les activités, riant sans retenue, organisant un dernier film Marvel avec leur groupe de cinéphiles habituels, regardant un ultime match avec les passionnés du PSG, s'enflammant sur chaque action à en perdre la tête, les dernières balades avec le groupe de vélo.

Ils donnèrent leurs derniers conseils aux résidents, les encourageant à poursuivre leurs projets, à ne jamais cesser de croire en eux.

Le reste de l'équipe ne comprenait pas leur comportement détaché.

Ils semblaient détendus, apaisés, presque heureux.

Mais tout s'éclaira lors de la réunion.

Quand le directeur annonça son futur départ, il ajouta une autre nouvelle qui provoqua un véritable électrochoc.

— Je vous informe également que Céline et Lahoussine nous quitteront prochainement.

À cet instant, un large sourire illumina leur visage.

Ils l'avaient fait.

Ils partaient.

L'annonce désarçonna totalement l'équipe.

Julie, qui avait toujours semblé sûre d'elle, resta immobile, figée.

L'expression de son visage la trahissait : elle était déconcertée.

Le départ de Céline et Lahoussine signifiait la fin de son jeu.

De qui allait-elle se plaindre maintenant ?

Qui allait-elle accuser, pour se faire mousser ?

Les autres éducateurs, eux aussi abasourdis, réalisèrent l'impact que ce départ allait avoir.

Sur qui allaient-ils rejeter la faute, désormais ?

Plus de Céline, plus de Lahoussine… plus de bouc émissaire.

Ils avaient longtemps méprisé Lahoussine, raillant ses 25 années d'ancienneté, persuadés qu'il ne quitterait jamais l'établissement.

Mais aujourd'hui, il partait.

Et cela n'avait jamais été dans leurs plans.

Ils ressentaient une frustration étrange, car face à eux, Céline et Lahoussine rayonnaient.

Ils n'avaient pas perdu.

Ils avaient gagné la seule bataille qui comptait : s'échapper de cette boucle temporelle de tensions et de médiocrité.

Cette réunion fut la dernière où ils se faisaient face.

Encore deux semaines et ils ne se reverraient plus jamais.

Après la réunion, Céline et Lahoussine s'empressèrent d'appeler Corinne, qui était en formation cette semaine-là.

Lorsqu'elle décrocha, elle n'attendit même pas qu'ils parlent :

— Alors, c'est enfin fini ?

Céline explosa de joie.

— C'est fini, Corinne. Officiellement acté.

— Bien fait pour eux ! s'exclama Corinne. Ils vont devoir bosser maintenant !

Lahoussine sourit en coin.

— Je doute qu'ils en aient l'habitude.

Corinne enchaîna, exaspérée :

— Quand je pense que Julie s'est permis de récupérer la salle de détente que tu avais créée avec les résidents pendant des mois… Maintenant, elle sait pourquoi tu avais arrêté l'activité. »

Céline secoua la tête.

— Évidemment. Tout ce qui fonctionne, elle veut le récupérer. Mais sans effort.

Corinne continua, énervée :

— Je la vois encore avec l'agent technique… Celui qui n'a jamais eu le temps de poser les volets que vous lui demandiez. Mais quand c'est elle qui a demandé, il l'a fait en une semaine ! « Oui ma poule, je te fais ça ! », il lui disait…

Elle prit une voix grave, avant de conclure :

— Après ils te sortent la phrase classique, mais on est là pour les résidents, pourquoi tu ne l'as pas fait quand ils te l'ont demandé ? À vomir.

Céline rit doucement.

— On n'aura plus besoin de voir ça. Maintenant, tout leur cinéma. »

Lahoussine hocha la tête, satisfait.

— C'est ça. Rideau.

Le soir venu, Mme Marino réunit tous les résidents pour une annonce officielle avant le repas.

Céline et Lahoussine n'avaient rien préparé pour cette annonce.

Dès que Mme Marino prononça les mots « Céline et Lahoussine vont nous quitter », une onde de choc traversa la pièce.

Le silence fut immédiatement remplacé par des pleurs étouffés.

Certains résidents n'y croyaient pas.

D'autres attendaient qu'on leur dise que c'était une blague.

Un résident se jeta au sol, en sanglots, incapable d'accepter la réalité.

Celine, bouleversé, ne s'attendait pas à une telle vague d'émotions.

Marie-Thérèse, qui était présente, tenta de consoler certains, mais elle fut rapidement dépassée par le nombre de résidents en détresse.

Elle réalisa alors l'impact immense que Céline et Lahoussine avaient eu sur eux.

Ce n'était pas des éducateurs comme les autres.

Une résidente, les yeux remplis de larmes, cria dans un mélange de rage et de tristesse :

— Pourquoi c'est toujours les bons qui partent ?

Un autre, les poings serrés, annonça avec une conviction déconcertante :

— Moi aussi, je veux partir de cet établissement !

Un résident qui n'avait jamais vraiment été impliqué dans la vie du foyer, d'ordinaire désintéressé de tout, se retourna brusquement vers Céline et Lahoussine.

— C'est vrai cette histoire ? Vous partez vraiment ?

Il secoua la tête, refusant d'y croire.

— Ce n'est pas possible !

Céline n'arriva plus à contenir ses larmes.

Elle s'effondra littéralement dans les bras des résidents qui l'entouraient, cherchant du réconfort autant qu'elle en offrait.

Lahoussine, lui, sentit ses yeux le piquer violemment.

Il se força à rester fort, mais la colère grandissait en lui.

Toute cette tristesse était la preuve vivante de l'injustice qu'ils subissaient.

Il quitta la pièce brusquement, incapable de supporter cette vision.

La soirée fut lourde, pesante.

Certains résidents refusèrent de manger, d'autres ne quittèrent pas Céline et Lahoussine une seule seconde.

Ils étaient entourés d'une vingtaine de résidents, cherchant désespérément une solution.

— Vous ne pouvez pas rester ?

— Et si on demandait à la direction ?

— On peut signer une pétition ?

Céline et Lahoussine savaient que c'était fini.

Mais ce soir-là, ils réalisèrent une chose qu'ils n'avaient jamais mesurée jusqu'ici.

Ils avaient laissé une empreinte.

Et quoi qu'il arrive, ils ne seraient jamais oubliés.

CHAPITRE 32

Le dernier jour était arrivé.

Céline et Lahoussine savaient que s'ils devaient partir, ce serait comme ils avaient toujours été : proches des résidents, dans la joie et le partage.

Alors, ils décidèrent d'organiser une dernière fête.

Pas pour eux, mais pour les résidents.

Ils n'avaient plus rien à voir avec cet établissement ni avec cette association, mais ils voulaient partir en créant un dernier souvenir inoubliable pour ceux qui avaient toujours été au centre de leurs préoccupations.

Comme toujours, Céline s'occupa de la décoration, transformant la salle en un espace chaleureux et coloré, où chaque détail comptait.

Elle cueillit des fleurs dans le jardin avec Natacha pour orner les tables, ajoutant cette touche naturelle qui rendait toujours ses événements spéciaux.

Lahoussine, lui, s'occupa de la sono, choisissant avec soin les musiques qui feraient danser tout le monde.

Corinne, comme à son habitude, prit en charge les courses, remplissant les sacs de bonbons, de sodas et de gourmandises.

Contrairement aux départs précédents, tout était à leur

charge ; et même si on leur avait proposé de prendre en charge ces frais, ils auraient refusé !

Ils ne devaient plus rien à personne.

Et surtout, ils ne voulaient rien devoir à cette structure.

Quand la salle fut prête, ils se regardèrent en silence.

Tout était parfait.

Une fête de plus à leur image, où les rires et les sourires primeraient sur tout le reste.

Les premiers à arriver furent les parents de certains résidents.

Certains venaient simplement saluer Céline et Lahoussine, leur témoigner leur gratitude.

Un père, pourtant affaibli par la maladie, avait tenu à faire le déplacement pour les remercier en personne.

Ce geste les bouleversa profondément.

— C'est le plus beau cadeau de reconnaissance qu'on pouvait recevoir, murmura Céline à Lahoussine.

Puis, les résidents envahirent la salle.

Tous étaient là.

Les anciens, ceux qu'ils avaient connus dès leur arrivée.

Les nouveaux, qui avaient rapidement compris leur importance.

Les externes qui travaillaient à l'ESAT, avec qui ils avaient partagé des sorties et des moments inoubliables, les résidents des structures voisines...

Mais il n'y avait pas un seul professionnel à l'horizon.

Même ceux avec qui ils s'entendaient bien n'avaient pas pris la peine de venir les saluer.

Céline, Lahoussine et Corinne n'en furent pas affectés.

Bien au contraire.

— Ils ne valent pas mieux, ils sont ceux qui ont vu et n'ont jamais rien dit, lâcha Lahoussine.

Ce qui comptait, c'était la présence des résidents.

Et l'établissement était bondé.

Jamais il n'y avait eu autant de passage.

Les résidents étaient venus avec des cadeaux, des lettres, des dessins, tous apportant un petit quelque chose pour leur dire merci.

Les tables furent rapidement recouvertes de présents.

La fête battait son plein.

Chaque chanson, chaque danse ajoutait un peu plus de joie à cette soirée unique.

Céline et Corinne avaient même commandé des pizzas, pour le plus grand bonheur des résidents.

Les bonbons devaient être ravitaillés en permanence, les sodas coulaient à flots, et surtout, les rires fusaient de toutes parts.

Tout le monde voulait profiter de Céline et Lahoussine

jusqu'à la dernière seconde, faire des photos, s'assurer qu'ils avaient bien leurs numéros.

Pendant ce temps, dans le bureau éducatif, les autres étaient enfermés.

Julie, Soraya, Stephen, Fatoumata et Marie-Thérèse.

Aucun résident ne se soucia d'eux.

Personne ne se demanda où ils étaient.

Seules Mme Marino et Mme Dorée firent des allers-retours entre la fête et le bureau.

Puis, Mme Dorée quitta les lieux.

Peu de temps après, ce fut au tour des éducateurs de quitter l'établissement, ils prirent soin de faire le tour de l'établissement afin de ne pas croiser leurs ennemis, regagnant le parking en saluant les quelques personnes sorties fumer.

À l'intérieur, ils pouvaient apercevoir Céline, Lahoussine et Corinne, heureux d'être auprès de ceux qui allaient tant leur manquer.

Le temps était venu de remettre les cadeaux.

Les mouchoirs passaient de main en main, les larmes coulaient librement, l'émotion était palpable.

Alors que l'ouverture des cadeaux touchait à sa fin, Sébastien, un résident atteint de trouble de la personnalité obsessionnelle compulsive, disparut soudainement.

Un instant plus tard, il revint en courant, tenant deux

petites cloches dans ses mains.

Céline et Lahoussine restèrent figés.

Sébastien faisait la collection des cloches.

Il en possédait exactement cent, pas une de plus, ni une de moins et il n'acceptait jamais que quiconque les touche ou les déplaces.

Elles étaient rangées d'une manière très précise, et jamais il n'avait envisagé de s'en séparer, même pour des millions d'euros comme il aimait souvent le rappeler.

Mais ce soir-là, il voulait marquer le coup.

Il tendit ses précieuses cloches à Céline et Lahoussine.

— C'est pour vous. Parce que vous êtes importants.

Le silence se fit dans la salle.

Tous savaient à quel point cet acte était significatif.

Céline, submergée par l'émotion, ne put retenir ses larmes.

Lahoussine, pourtant endurci, sentit son cœur se serrer.

Ils savaient ce que cela signifiait.

Ce n'était pas un simple cadeau.

C'était une preuve de reconnaissance et de confiance. Reprenant doucement leur souffle après ces échanges chargés d'émotion, ils se tournèrent vers l'assemblée. Quelques instants à peine leur furent nécessaires pour exprimer leur gratitude, adressant un sourire et un merci sincère à chacun avant de passer au moment suivant.

Céline insista sur le courage des résidents.

Elle leur rappela qu'ils étaient formidables et surtout qu'ils ne devaient jamais cesser de se battre pour leurs droits et leurs projets.

Lahoussine, dans un sourire, leur lança un dernier message :

— Vous savez qui appeler en cas de problème ?

Dans un mouvement spontané, tous répondirent en chœur :

—3977 !

Tout le monde se mit à rire, les yeux mouillés

Mme Marino, qui avait assisté aux adieux, ressentit un profond malaise. Elle leur souhaita bonne chance, puis s'en alla la tête basse, consciente qu'au fond d'elle elle reconnaissait de bons professionnels.

Alors que la fête touchait à sa fin, les sacs de bonbons et les dernières bouteilles étaient distribués à ceux qui le souhaitaient, au fur et à mesure que les résidents s'éloignaient. Céline et Lahoussine furent surprises de recevoir chacune une carte, accompagnée d'un mot chaleureux d'une veilleuse de nuit. Céline, très émue par ce geste, remercia toutes les personnes venues leur dire au revoir.

Pour marquer le coup, Céline, Corinne et Lahoussine firent un dernier tour de l'établissement, saluant une dernière fois les résidents et échangeant quelques regards et sourires.

En regagnant le bureau des éducateurs pour y récupérer leurs affaires, elles trouvèrent Julie toujours présente. Elle finissait plus tard et, malgré la volonté de Mme Marino de la libérer, elle était restée. Julie était là, les pieds posés sur la table, une bouteille de champagne déjà entamée à ses côtés.

Des flûtes usagées traînaient un peu partout.

Céline se retint de rire.

Pour la première fois, elle la regarda avec pitié.

— Ils ont fait exprès de laisser leurs coupes, souffla-t-elle en riant.

— Tu crois qu'ils pensaient qu'on serait touchés ? répondit Lahoussine, moqueur.

Ils quittèrent le bureau, riant aux éclats, laissant une dernière empreinte dans ces couloirs vides.

L'expression pure et sincère d'être heureux de partir.

Dehors, ils retrouvèrent une quinzaine de résidents, ceux avec qui ils avaient le temps partagé, leurs noyaux durs.

Au même moment, Julie, elle, s'éclipsa discrètement, sans que personne ne la remarque.

Pendant plus d'une heure, abrités sous le porche de l'établissement, ils se sont tous mis à converser de tout et de rien, leurs voix s'élevant en une joyeuse cacophonie. Chacun partageait anecdotes et éclats de rire, comme s'ils se découvraient pour la première fois. Personne ne voulait que la soirée cesse : il n'y avait plus ni résidents ni éducateurs, seulement une foule d'âmes unies par le bonheur simple d'être ensemble.

Puis, à 0 h 17, après une pluie d'adieux mêlée de larmes, ils se dirigèrent vers leurs voitures.

Fiers de cette soirée réussie.

Fiers de quitter ce lieu sans regret.

Ils savaient que le vrai juge de paix n'avait jamais été la direction, ni les évaluateurs, ni même leurs collègues.

Les vrais juges de paix, c'étaient les résidents.

Et leurs réactions ce soir-là resteraient gravées en eux à jamais.

Avant de partir, sur le parking, ils se remémorèrent quelques souvenirs, un dernier débat, un dernier éclat de rire partagé.

Corinne, qui terminait ses deux dernières semaines, se réjouissait déjà de son départ.

Céline, les yeux brillants de gratitude, s'adressa à Lahoussine :

— Lahoussine, je… je ne sais pas comment te remercier. Sans ton courage et ta détermination, je n'aurais pas tenu deux mois. Dès notre première réunion de projets, j'ai compris qui tu es vraiment, et les résidents ont fait le reste.

Puis Céline se tournant vers Corinne, la voix plus douce

— Et toi, Corinne… Ta bonté, ton énergie débordante, c'est ce qui m'a soutenue quand j'ai traversé ma rupture… Tu es arrivée au bon moment dans ma vie.

Corinne, émue, déclara les larmes aux yeux :

— Tu n'imagines pas comme ça me touche. Voir tout ce que tu as traversé et la force avec laquelle tu es restée… C'est un honneur d'avoir pu t'accompagner.

Céline leur serra les mains.

— Vous deux, vous m'avez rappelé pourquoi j'ai choisi ce métier. Du fond du cœur, merci.

Un silence complice s'installa, uniquement rythmé par le battement de leurs cœurs en harmonie.

Puis, dans un soupir sincère, Lahoussine regarda Céline et déclara :

— Ce que tu as fait dans cet établissement est incroyable. Toutes ces nouvelles choses que tu as apportées… Je n'ai jamais vu ça en 25 ans de carrière.

Céline baissa les yeux, émue.

— Tu laisseras une marque indélébile ici. Les résidents ne t'oublieront jamais. Ajouta-t-il.

Corinne prit le relais, d'une voix pleine d'émotion :

— Et toi, Lahoussine, malgré tout ce que certains pensent, ce n'est que de la jalousie. Ils n'ont jamais eu ton courage de dire non. Tu ne t'es jamais battu pour des heures ou des congés. Tu t'es battu pour que les résidents soient écoutés et surtout respectés. Quand je vois qu'ils reprennent tout ce que vous avez créé, c'est la preuve qu'ils n'ont jamais su le faire eux-mêmes.

Se tournant ensuite vers Céline

— Ma Céline, je t'aime tellement, je t'admire, car malgré tout ce que tu as vécu, tu n'es jamais tombé dans la haine ou la rancœur, même envers ceux qui voulaient te voir tomber. Je sais que tu seras capable d'oublier le mal, ma petite chérie.

Dans un ultime éclat de rire, avec les larmes aux yeux, ils s'enlacèrent.

Ils venaient à cet instant de perdre des collègues, mais avaient trouvé des amis pour la vie.

Fiers d'être ceux qu'ils étaient.

Convaincus d'avoir été du bon côté.

Alors qu'elle s'installait dans sa voiture, les bras chargés de cadeaux, Céline se retourna une dernière fois vers ses nouveaux amis.

Elle les regarda, un dernier sourire aux lèvres, et déclara :

— Un jour, quelqu'un agit de manière inhumaine envers une personne. Et à ce moment-là, tu interviens. Non pas parce que tu le peux, mais parce que tu le dois. Et cela, peu importe les conséquences, car ce sont nos valeurs qui sont en jeu à ce moment-là.

Elle inspira profondément.

— Nous n'aurons pas été silencieux.

À PROPOS DE L'AUTEUR

Ancien aide médico-psychologue, puis moniteur-éducateur et enfin éducateur spécialisé, Kesi Michel Malanga puise son inspiration dans plus de quinze années d'engagement au cœur du secteur médico-social.

Tout au long de son parcours, il a été témoin d'une réalité trop souvent passée sous silence : la « maltraitance invisible » qui mine la vie des résidents dans divers types d'établissements. Qu'il s'agisse d'omissions non intentionnelles, de routines déshumanisantes ou de décisions imposées sans réelle concertation, ces pratiques produisent des dommages profonds et durables chez ceux qu'elles visent.

Profondément convaincu que ces souffrances, bien que discrètes, méritent d'être exposées, Kesi a pris la plume et la parole pour sonner l'alarme. Il a documenté, dénoncé et soutenu les premiers lanceurs d'alerte, souvent isolés ou sanctionnés, afin de faire bouger les pratiques institutionnelles. Par son travail, il rappelle sans relâche que l'absence d'intention n'excuse pas le préjudice : chaque personne a droit à l'écoute, au respect et à l'accompagnement qui valorise son autonomie.

À travers ce récit engagé, Kesi Michel Malanga porte haut et fort son message : tant qu'il existera des structures où la dépendance est entretenue et les voix étouffées, son combat pour une bientraitance authentique n'aura de cesse de se poursuivre.

REMERCIEMENTS

Je tiens à exprimer ma profonde gratitude à tous ceux et celles que j'ai croisés au fil de mon parcours dans le secteur médico social.

Un merci tout particulier à mon ancienne collègue Céline éducatrice spécialisée, partie trop tôt, dont l'engagement et la bienveillance ont largement inspiré mon héroïne. Ma plus vive reconnaissance va également au Tanga, cette « équipe de choc » sans laquelle rien n'aurait été possible. Un grand merci à tous ceux qui travaillent dans le secteur du médico social et qui font preuve de respect et bienveillance auprès de ceux qu'ils accompagnent.

Je n'oublie pas les résidents que j'ai eu la chance d'accompagner : votre confiance, votre affection et vos progrès ont été le véritable moteur de ce roman.

Merci également à Laura qui a su m'épauler et me guider dans chaque étape de l'écriture, à Meily et à la société MURSTY pour leur précieux soutien logistique et créatif, ce livre n'aurait jamais abouti sans vous.

Je dédie ce livre à ma famille et à mes amis, la CAF 24, à ma mère, à ma sœur et la famille Houry, à ma fille, et à tous ceux qui ont toujours cru en moi. Votre amour et votre présence m'ont porté jusqu'au bout de cette aventure.

Enfin, merci à vous, chers lecteurs et chères lectrices !